DAS BUCH DER MAGIE

Erstes Kapitel

DAS UNSICHTBARE LABYRINTH

Text: Neil Gaiman
Zeichnung: John Bolton

CRAZY PRICE CLEARANCE
INSTANT CREDIT £1000
DELIVERY 72 HOURS
LOWEST PRICES Guaranteed
CRAZY PRICE CLEARANCE
„ICH WILL NICHTS DAMIT ZU TUN HABEN."
„CONSTANTINE, ICH DACHTE, ICH HÄTTE MICH KLAR AUSGEDRÜCKT. WIR HABEN KEINE WAHL."
„WIESO NICHT? UND JETZT FANGEN SIE NICHT MIT DEM VERDAMMTEN FREIEN WILLEN AN, SONST DISKUTIEREN WIR NOCH NÄCHSTE WOCHE."
„ICH GLAUBE, UNSER FREUND WILL SAGEN..."
NICHT MEIN FREUND, KUMPEL. NICHT MEHR.
WENN ICH AUSREDEN DÜRFTE, MR. CONSTANTINE... UNSER FREUND WILL FOLGENDES SAGEN:
DER JUNGE IST EINE NATURKRAFT, ZUM GUTEN ODER ZUM BÖSEN, FÜR DIE MAGIE ODER DIE WISSENSCHAFT. UNS OBLIEGT ES, DIESE KRAFT ZUM GUTEN AUSZURICHTEN... UND VIELLEICHT FÜR DIE MAGIE.
ICH SAGE, BRINGEN WIR IHN UM. ENDE DER DISKUSSION.
ALS RECHTSCHAFFENE SEELEN HABEN WIR DIE VERANTWORTUNG, DAFÜR ZU SORGEN, DASS DIESE KRAFT NICHT IN DIE FALSCHEN HÄNDE FÄLLT.
WIR WERDEN IHN NICHT TÖTEN. WIR DÜRFEN IHN NUR FÜHREN, MÜSSEN IHM DIE WAHL LASSEN.
„LÄSST MAN EINEM TOLLWÜTIGEN HUND EINE WAHL?"
„DAS HAT NICHTS DAMIT ZU TUN, E. DER JUNGE IST KEIN HUND."
„ER IST EIN KIND. EIN NORMALES MENSCHENKIND."
„NORMAL?"

„LASSEN WIR DIE SACHE DOCH AUF SICH BERUHEN. SOLL ER SICH DOCH ALLEIN FÜR DIE MAGIE ENTSCHEIDEN."
„CONSTANTINE, WENN ER DEN WEG DER MAGIE WÄHLT, MUSS ER VERANTWORTUNG WÄHLEN. ER MUSS GENUG ÜBER DAS LABYRINTH WISSEN, UM DEN WAHREN WEG ZU FINDEN..."
„UND ES GIBT JEMANDEN, DER IHM EINEN ANDEREN WEG ZEIGEN WILL..."
„DIE KALTE FLAMME WEISS SCHON VON IHM. MEINE QUELLEN VERRATEN MIR, DASS SIE NOCH UNSCHLÜSSIG SIND."
WOHER WISSEN SIE DAS, OCCULT? STEHEN SIE MIT DEN MÄCHTEN DER DUNKELHEIT IN KONTAKT?
SIE SEHEN IN JEDEM SCHATTEN VERRÄTER, E. ICH HABE MEINE *QUELLEN*. BELASSEN WIR ES DABEI.
WIR WISSEN MOMENTAN NUR GENAU, DASS WIR *NICHTS* GENAU WISSEN.
EIN TÖRICHTER SPRUCH, JOHN CONSTANTINE. LICHT UND DUNKELHEIT, LEBEN UND TOD. DIESE DINGE SIND EWIG.
„NA SCHÖN. ICH WILL NICHT MEHR MIT IHNEN STREITEN, BOSS. WAS SCHLAGEN SIE VOR?"
„WECKEN WIR DIE KRÄFTE."
„ZEIGEN WIR IHM, WAS MAGIE WIRKLICH IST, WAS SIE WAR UND WAS SIE WERDEN KÖNNTE."
„ER HAT DAS POTENTIAL, DER MÄCHTIGSTE MENSCHLICHE ADEPT DIESER ÄRA ZU WERDEN."
„UNS VIER OBLIEGT ES, DAFÜR ZU SORGEN, DASS ER DEN RICHTIGEN WEG WÄHLT."
„DAS IST UNSERE MISSION ...UND UNSERE BÜRDE."

„MISTER E?"
„CONSTANTINE?"
SIND WIR UNS EINIG? DOCTOR OCCULT?
JA. ICH ZEIGE IHM DIE FERNEN LANDE.
WENN IHR ZU WEICH SEID, UM IHN ZU BESEITIGEN, MÜSST IHR IHN WOHL UNTERWEISEN. WENN ER DAS ÜBERSTEHT, FÜHRE ICH IHN ZUM ENDE.
NA SCHÖN. ICH MACHE DIE GROSSE RUNDE MIT IHM, STELLE IHM DIE LÄUFER VOR UND ERKLÄRE IHM, WAS ES BEDEUTET, START-GELD ZU ZAHLEN.

DANN SIND WIR UNS EINIG. GEHEN WIR.
DARAUF HAT DIE WELT NUR GE- WARTET.
DIE TRENCHCOAT- BRIGADE GREIFT AN.
ICH HABE DAS GEHÖRT, CONSTANTINE.

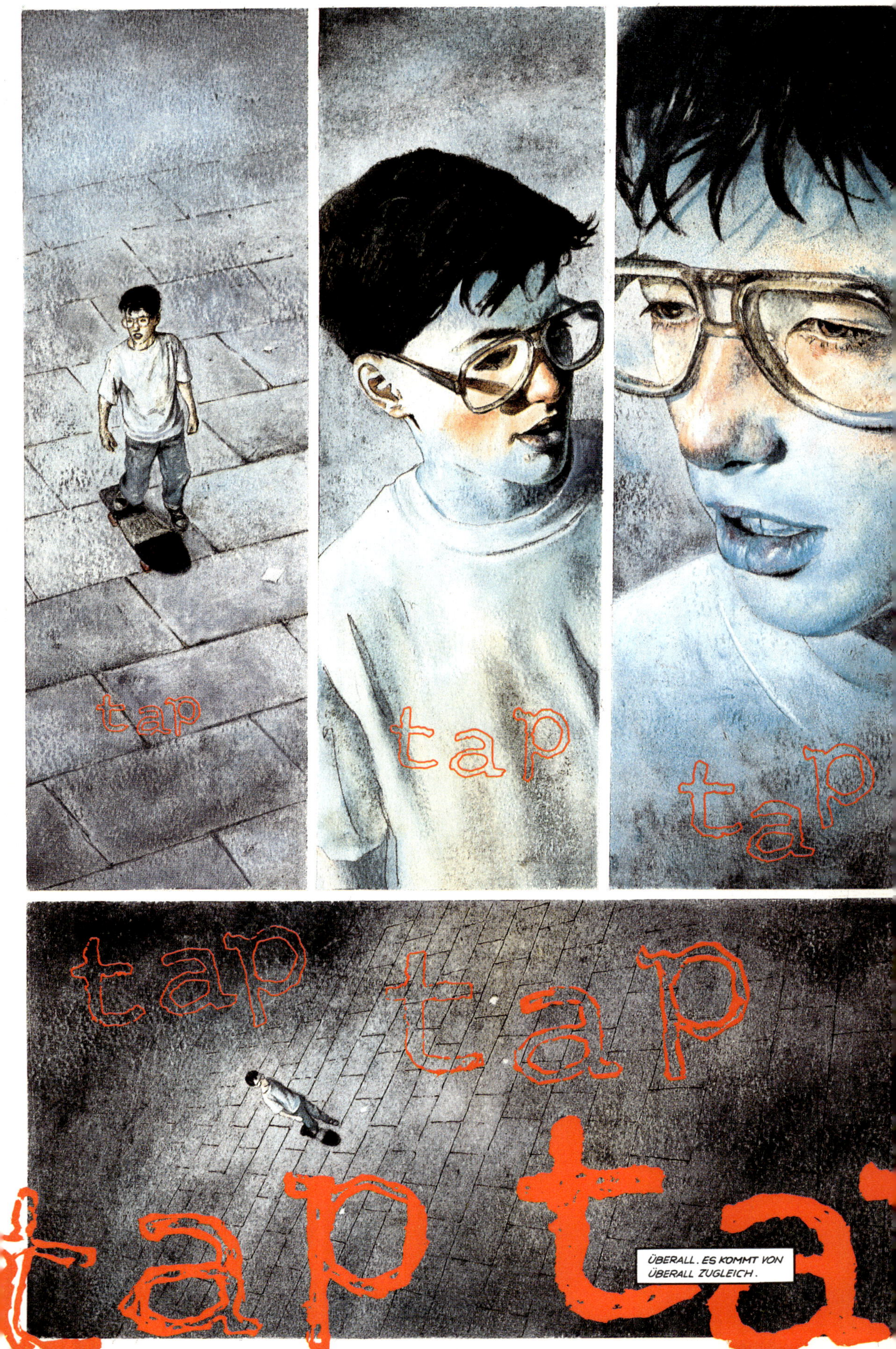
tap
tap
tap
tap tap tap
tap ta
ÜBERALL. ES KOMMT VON ÜBERALL ZUGLEICH.

tap
JUNGE! GLAUBST DU AN MAGIE?
WAS?
WER ZUM TEUFEL WAR DAS? EIN IRRER? EIN PERVERSER? MICH HÄTT BALD DER SCHLAG GETROFFEN.
HAB IHN ABGEHÄNGT.

TIMOTHY? WIR WOLLEN NUR MIT DIR SPRECHEN.
NOCH EINER?
SIE SIND ÜBERALL.

DIE KRIEGEN MICH NICHT!
NIEMAND KRIEGT MICH! KEINE BULLEN, KEINE PERVERSEN, KEINE LEHRER. NIEMAND.
13
MAGIC
NIEMAND.
HAB DICH!

SCHÖNES BRETT HAST DU, TIM.
JETZT BEISS MICH NICHT. IN MEINEN ADERN FLIESSEN DINGE, DIE DU WIRKLICH NICHT IN DEINEM MUND HABEN MÖCHTEST.
WIR WOLLEN DIR NICHTS TUN. WIR WOLLEN NUR MIT DIR SPRECHEN, KLAR?
WER SIND SIE? BULLEN?
NEE. ICH BIN PRIVATERMITTLER. DIE DREI ANDEREN... NA JA, DIE SIND AUCH SO PRIVAT, WIE MAN NUR SEIN KANN.
RUHIG.
OKAY?
ÄH...OKAY.
SIE SIND GLEICH HIER. SEI GANZ COOL, UND ES GIBT KEINEN ÄRGER.
OH.
TIMOTHY HUNTER. MEIN GEFÄHRTE HAT DIR EINE FRAGE GESTELLT. SAG...
GLAUBST DU AN MAGIE?
JA. UND AN DEN OSTERHASEN UND DIE GUTE FEE.
SO WAS BLÖDES.
ICH BIN NICHT BLÖD. UND ICH FRAGE DICH NOCH MAL.
GLAUBST DU AN MAGIE?

ICH...
NA JA, ALS KIND SCHON. MANCHMAL WÜNSCHTE ICH, ES GÄBE MAGIE... DAMIT ES *ANDERS* WIRD... KEINE AHNUNG...
BESSER?
IRRER?
AUFREGENDER?
ABER DAS IST WIE MIT DEM WEIHNACHTS-MANN, ODER? MAN WIRD ÄLTER UND MERKT, DASS ES IHN GAR NICHT GIBT.
KIND, ES *GIBT* MAGIE. ES GIBT KRÄFTE UND MÄCHTE UND REICHE *HINTER* DEN GEFILDEN, DIE DU KENNST.
ICH KENN SOWIESO NUR DIE INNENSTADT.
MIT DIESEN GEFILDEN MEINE ICH NICHT...
MERKEN SIE NICHT, DASS ER SIE VERARSCHT?
DU BIST OKAY, JUNGE. WIR WURDEN NOCH NICHT VORGESTELLT. ICH BIN JOHN CONSTANTINE.
ÄH... HALLO. TIM HUNTER.
JA.
DIE *ERSTE* REGEL DER MAGIE. LASS NIEMAND DEINEN WAHREN NAMEN WISSEN. NAMEN HABEN *MACHT*.
ABER SIE HABEN MIR IHREN VERRATEN!
ACH? NA JA. ABER ICH BIN NUR ZUM SPASS DABEI. NICHT WIE DIE DREI DA.
WIE HEISSEN SIE DENN?
HAST DU NICHT ZUGEHÖRT?
FRAGE NIE NACH EINEM NAMEN. FRAGE NUR, WIE JEMAND GENANNT WERDEN MÖCHTE.
DAS ERSPART DIR PROBLEME.

UND WIE WERDEN SIE NUN GENANNT?
DOCTOR OCCULT.
UND MICH NENNT MAN MISTER E.
MYSTERY?
MISTER E.
HABEN SIE SICH DAS AUSGEDACHT?
UND WER SIND SIE?
LASSEN SIE MICH RATEN... ÄH... MISTER SCHWARZER MANTEL? PROFESSOR ESOTERIC? CAPTAIN NIEMAND?
ICH BEANSPRUCHE WEDER EINEN NAMEN NOCH EINEN TITEL, TIMOTHY HUNTER. BIS DU MICH EINES TAGES VIELLEICHT FREUND NENNST, MUSS ICH EIN FREMDER BLEIBEN... DER STRANGER.
ICH GLAUB DAS ALLES NICHT! WAS GEHT HIER VOR? EIN WITZ? VORSICHT, KAMERA?
KEIN WITZ. KEIN TRICK.
WIR WOLLEN DIR EINE CHANCE GEBEN. WILLST DU MAGIE IN DEINEM LEBEN HABEN, KIND?
SO EIN BLÖDSINN. VIER IRRE... ES GIBT KEINE MAGIE.

SIE... DAS WAR NUR EIN TRICK. EIN ZAUBERTRICK.
NEIN. ZUMINDEST NICHT SO, WIE DU ES MEINST.
MAGIE?

MAGIE.
KANN... KANN ICH DAS AUCH?
WENN DU DICH FÜR DIESEN WEG ENTSCHEIDEST, TIMOTHY. DESHALB SIND WIR HIER.
WIR WOLLEN DICH UNTERWEISEN, TIMOTHY. DIR DEN WEG DER ERLEUCHTUNG ZEIGEN, DER KUNST DER MAGIE. OB DU IHN DANACH AUCH EINSCHLÄGST, BLEIBT DIR ÜBERLASSEN.
WILLST DU MICH BEGLEITEN, TIMOTHY HUNTER?
WENN ICH DIESE TRICKS AUCH KÖNNTE, MÜSSTEN SIE MICH ANDERS BEHANDELN. SOVIEL STEHT FEST.
ICH MÜSSTE MIR KEINEN SCHEISS MEHR GEFALLEN LASSEN. VON NIEMANDEM.
NIE MEHR.
ICH KOMME MIT. WOHIN GEHEN WIR?
DURCH DIE TÜR.
SPRECHEN SIE IMMER IN RÄTSELN ODER WAS?
DIE VERGANGENHEIT KLOPFT STETS AN DIE TÜR UND VERSUCHT, INS HEUTE DURCHZUSTOSSEN.
WIR WERDEN DIE VERGANGENHEIT SEHEN, KÖNNEN SIE ABER NICHT BEEINFLUSSEN.
TRITT MIT MIR DURCH DIE TÜR.

ICH HAB ANGST. ECHT ANGST!
ICH WEISS. WENN ES DICH BE-RUHIGT... DIR KANN NICHTS GESCHEHEN. ZU-MINDEST NICHT IN DER VERGANGENHEIT.

„WO SIND WIR?"
DAS IST KEIN ORT, JUNGE. DAS IST DER ABGRUND, DER RAUM, BEVOR ES ENTFERNUNG, DIE ZEIT, BEVOR ES VERÄNDERUNGEN GAB.
IN DER KALTEN DÄMMERUNG DER ZEIT HERRSCHT EINE STILLE, DIE MEHR ALS NUR STILLE IST. DANN:
... DIESER LÄRM. ES KLINGT, ALS WÜRDE JEMAND ... EIN RIESE ... SCHREIEN.
WAS ... IST DAS?

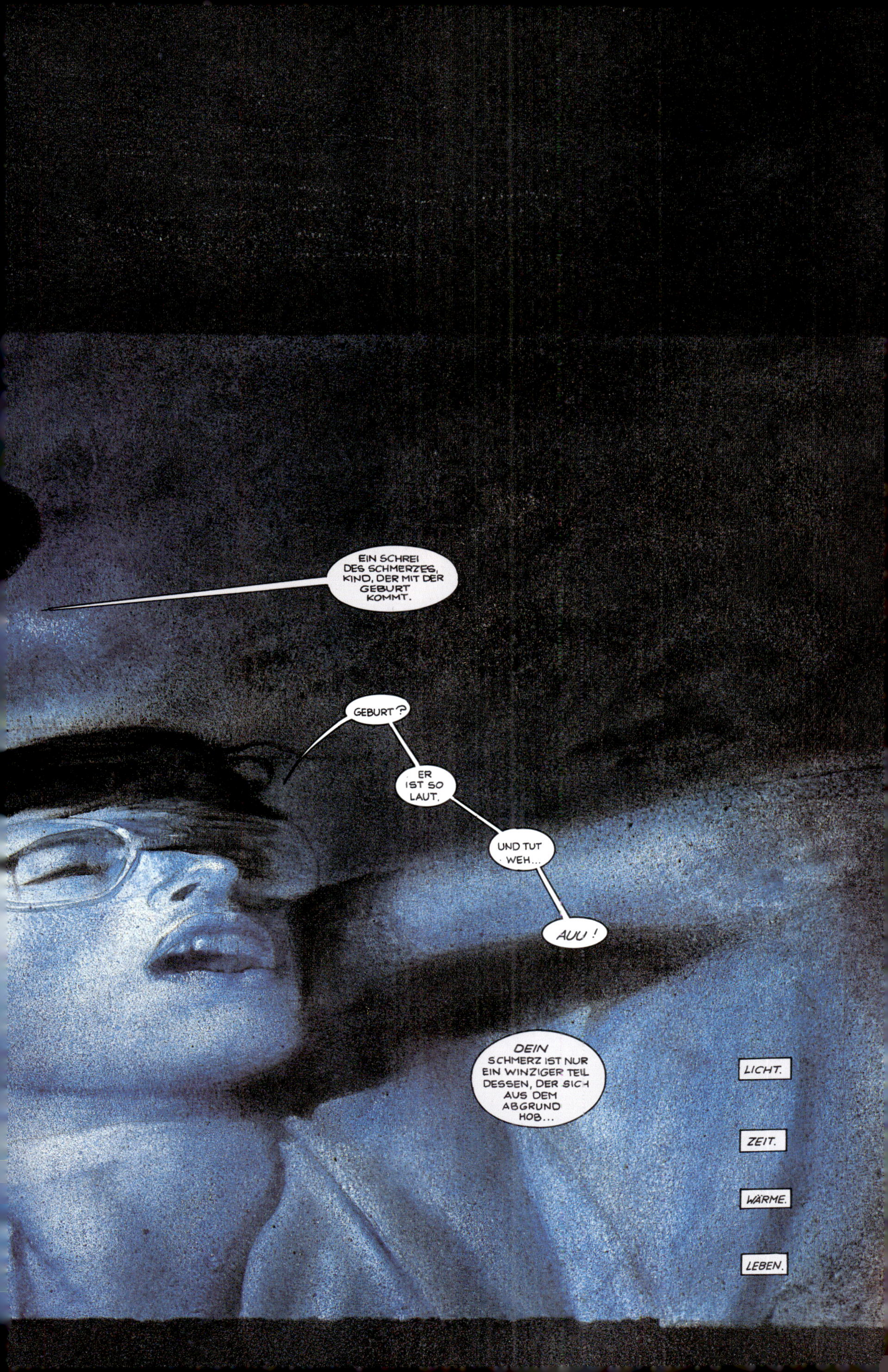
EIN SCHREI DES SCHMERZES, KIND, DER MIT DER GEBURT KOMMT.
GEBURT?
ER IST SO LAUT,
UND TUT WEH...
AUU!
DEIN SCHMERZ IST NUR EIN WINZIGER TEIL DESSEN, DER SICH AUS DEM ABGRUND HOB...
LICHT.
ZEIT.
WÄRME.
LEBEN.

ALLES.
ERLEBEN WIR WIRKLICH DEN ANFANG VON ... ALLEM?
GEWISSERMASSEN JA. ABER WIR SIND NUR ALS BEOBACHTER HIER. BERÜHRE...
...DIE DUNKELHEIT, KIND.
FÜHLE SIE.
NUN, JUNGE, SCHAU NACH OBEN. SIEHST DU DIE SILBERSTADT?
ICH...KANN NICHT NÄHER HERAN.
SIEH GENAU ZU.

IST JA IRRE! WIE *KRIEG DER STERNE*!
EINE SELTSAME ANALOGIE, JUNGE. DOCH IN DER TAT FAND AM HIMMEL EIN KRIEG STATT, UND DU SIEHST NUN DIE BESIEGTEN, DIE WIE STERNE BRENNEND FALLEN.
IN DER DUNKELHEIT VOR DEM ERSTEN LICHT BEGINGEN SIE DIE ERSTE TORHEIT, DIE ERSTE REBELLION.

„SIE SEHEN AUS WIE ... ENGEL."
„RICHTIG."
„WER IST DAS ?"
„DER STOLZESTE VON ALLEN, UND DER SCHÖNSTE."
„WIE HEISST ER ?"
„LUZIFER, DER LICHTBRINGER, AUCH MORGENSTERN GENANNT."
„OH... ZUM TEUFEL ..."
„GENAU."

WER SIND DIE?
ERZENGEL.
URIEL, DER DIE WELTEN BEHERRSCHT.
RAFAEL, DER ÜBER DIE MENSCHEN WACHT.
MICHAEL, DER ÜBER DEM CHAOS STEHT.
SERAQUAEL, DER DIE GEISTER FÜHRT.
GABRIEL, DER HERR DER CHERUBIM UND DER SERAPHIM.
UND RAGUEL, DEM DIE RACHE DES HERRN ANVERTRAUT WURDE.
SIE... SIND SO GROSS.

VIELLEICHT. ABER AUCH DER RAUM IST GROSS, UND ES GIBT VIELE EBENEN, BLICKWINKEL UND DIMENSIONEN.
WIR WERDEN DEINE WELT BETRACHTEN.
SIEHST DU DIESEN STERN DORT? GEHEN WIR AUF IHN ZU.

DAS IST DEINE SONNE. ODER WIRD ES IN ÄONEN SEIN...
HIER BIEGEN WIR LINKS AB, TIMOTHY.
LINKS? WOHIN?

DIE GESCHICHTE HAT VIELE GABELUNGEN UND WENDEPUNKTE. EINST WAR DIE ERDE EIN KLUMPEN ERKALTENDES PLASMA OHNE LEBEN ODER ATMOSPHÄRE. DAS IST ...
... EINE WAHRHEIT.

ABER ES STIMMT AUCH, DASS DIE ERDE EINST EINE FLACHE SCHÜSSEL WAR, BEVÖLKERT VON DER ALTEN RASSE, DEN PRÄ-TOTEN.
DEN WAS?
IHR NENNT SIE DÄMONEN.

DIE MENSCHEN TRÄUMEN NOCH IMMER VON IHNEN UND HALTEN SIE FÄLSCHLICHERWEISE FÜR GÖTTER. GELEGENTLICH GELINGT ES IHNEN, SIE AUS IHREM BEZUGSRAHMEN IN DEN EUREN ZU RUFEN.
IHRE ZEIT ENDETE, ALS IN EINEM ANDEREN BEZUGSRAHMEN DAS ERSTE LEBEN AUS DEM MEER KROCH.
DIE EIDECHSENKÖNIGE HERRSCHTEN MILLIONEN JAHRE LANG. DANN VERLOREN SIE IHRE KRONE UND DAMIT IHR LEBEN.
DOCH DANN ERHOBEN SICH IM ZWIELICHT, IN DER TRAUMZEIT, VIELE KÖNIGREICHE UND STÜRZTEN WIEDER.
FOLGE MIR.
GEHEN WIR NÄHER ANS HEUTE HERAN.

WIR SIND FÜNFZIGTAUSEND JAHRE VOR UNSERER ZEIT.
HIER SEHEN WIR DEN LETZTEN UND GRÖSSTEN MAGIER EINES LANDES, DAS IM MEER VERSANK. DIE MENSCHEN DEINER ZEIT BEZWEIFELN, DASS ES JE EXISTIERTE.
IST DAS ATLANTIS?
NICHT GANZ. DAS WAHRE ATLANTIS VERSANK SCHON ZUVOR IN DEN WELLEN.
DOCH AUCH DIESER ARCHIPEL DES VERSUNKENEN KONTINENTS WIRD BALD ENDGÜLTIG VON IHNEN VERSCHLUNGEN WERDEN.
DU MUSST FOLGENDES ÜBER ATLANTIS WISSEN.
HÖRST DU ZU, JUNGE?

KÖNNEN SIE MICH *SEHEN*?
NATÜRLICH NICHT. UND AUCH NICHT HÖREN. ABER DU MÜSSTEST ZU DIESER ZEIT HIER SEIN. DAS HABEN MEINE ZAUBER-SPRÜCHE MIR VERRATEN. AUF JEDEN FALL...
...IRREN SICH DIE MENSCHEN DEINER ZEIT, WENN SIE GLAUBEN, ATLANTIS HABE IN EINER *MESSBAREN* FORM EXISTIERT ...
...*ZUMINDEST* NICHT SO, WIE SIE ES SICH VORSTELLEN.
ES HAT SEHR VIELE ATLANTIS GEGEBEN. UND ES WIRD NOCH WEITERE GEBEN.
ES IST NUR EIN SYMBOL. EIN SYMBOL DER KUNST.
DAS WAHRE ATLANTIS IST *IN* DIR, UND IN UNS ALLEN. DAS VERSUNKENE LAND IST UNTER DER DUNKLEN SEE VERLOREN, UNTER DEN WOGEN DER SCHWARZEN MYTHEN, DIE AUF DEN GESTADEN UNSERES GEISTES ROLLEN.
ATLANTIS IST DAS SCHATTENLAND, DER GEBURTSORT DER ZIVILISATION. DAS SCHÖNE LAND IM WESTEN, DAS UNS VERLORENGING, DOCH EWIG BLEIBT, WAHRE HERKUNFT UND WAHRES ZIEL.
ES IST *LYONESSE*, UND *AVALON*, UND *HY-BRASIL*.
NUN ZUR KUNST SELBST. ZUR MAGIE...

ICH GLAUBE, ICH SPRECHE MIT EINIGER ERFAHRUNG. DANK DER MAGIE HABE ICH VIELE ... MILLIONEN... JAHRE GELEBT. UND ICH HATTE ZEIT, VIEL NACHZUDENKEN.
UND ICH DENKE DIES.
DIE GANZE SACHE IST EIN HAUFEN MIST, DER NICHT DEN PREIS WERT IST, DEN ICH DAFÜR BEZAHLT HABE.
KÖNNTE ICH NOCH MAL ANFANGEN, WOLLTE ICH GLÜCKLICH UND UNBEDEUTEND SEIN.
UND VIELLEICHT IN EINEM ERDLOCH WOHNEN.
MISCHE DICH NIE IN DIE ANGELEGENHEITEN DER GROSSEN, MÄCHTIGEN EIN. ENTDECKE NIE DIE FREUDEN DER KUNST.
DENN DAS IST DAS PROBLEM.
SOBALD DU DEN WEG BETRITTST, KANNST DU IHN NICHT MEHR VERLASSEN.
SO, ICH HABE GENUG GESAGT.
BRING IHN FORT. DUNKLER SUCHER. ZEIG IHM DAS NÄCHSTE AUSTELLUNGSSTÜCK IN DIESEM WACHS-MUSEUM DER VERGANGENHEIT.
UND, JUNGE... NIMM NICHT, WAS MAN DIR ANBIETET.
ES IST EIN HAUFEN VERGOLDETER MIST.
DER ALTE KNOCHENSCHÄDEL GRINST.
ALTE HÄNDE WEISEN DEN WEG.
GEHEN WIR WEITER.

ZURÜCK INS LABYRINTH.
FOLGE MIR IN DIE HÖHLEN, ÜBER SCHMALE, VERSCHLUNGENE WEGE. VERLIEREN WIR UNS IN DER VERGANGENHEIT.
DIE ROTE FLAMME FLACKERT AUF DER HÖHLENWAND
(VERSCHMIERT MIT OCKER, BEERENFARBE, HOLZKOHLE),
LÄSST DEN GROSSEN ELCH SICH BEWEGEN,
LÄSST DAS MASTODON ATMEN,
LÄSST DEN JÄGER LAUFEN UND TÖTEN.
SIEH, WIE SIE VERSUCHEN, DIE WELT OBEN
GÜNSTIG ZU STIMMEN UND ZU BEGREIFEN.
DIES WISSEN SIE:
DIES VERSTEHEN SIE:
ÜBERALL DRAUSSEN IST DUNKELHEIT,
DIE DUNKELHEIT IST ÜBERALL; UND OBWOHL DIE SONNE AUFGEHT
UND OBWOHL DIE FEUER ERBLÜHEN UND GEZÄHMT WERDEN,
IST DIE DUNKELHEIT DORT.
DIE DUNKELHEIT WARTET.
UND DIE DINGE IN DER DUNKELHEIT,
DIE FLÜSTERN, BEVOR SIE SICH AN IHNEN GÜTLICH TUN,
MAN MUSS SIE BESCHWICHTIGEN UND BESÄNFTIGEN
MAN MUSS SIE LIEBEN UND IHNEN OPFERN
MAN MUSS SIE VEREHREN UND IHNEN MISSTRAUEN.
ALSO GIBT ES MAGIE.

IM FERNEN CH'IN UND WEITEN CHU, AN DEN WASSERN DES GELBEN FLUSSES,
WANDELN DIE DRACHEN UND ERÖRTERN WEISE FABELN:
„VEREHRT DIE GEISTER, ABER HALTET SIE VON EUCH FERN."
DIE HERREN DER NEUN HIMMEL FAHREN IN STREITWAGEN AUS ORCHIDEEN,
UND FRAU WU TRÄUMT VON DUNKLEN BAMBUSHAINEN.
DER HERR DES OSTENS KOMMT, UM SIE IHRER GEWÄNDER AUS WEISSEN REGENBÖGEN ZU ENTKLEIDEN.
SIE TRÄUMT, DASS SIE IN EINEM FISCHSCHUPPIGEN STREITWAGEN FAHREN,

FLANKIERT VON GREIFEN,
UND IM HIMMEL FLATTERN PAPIERDRACHEN.
ALS SIE ERWACHT, IST ER FORT.
EINE WEILE SCHLENDERT SIE, SCHREITET AUF UND AB.
SIE TRÄUMT ERNEUT:

VON BEGEGNUNGEN UND ABSCHIEDEN, DENEN NIEMAND ENTKOMMEN KANN.

GENAUSOWENIG WIE DER MAGIE.

Im Nildelta flüstert der Sand
von hundsgesichtigen Göttern,
blauen Mistkäfern, großen Schattenfrauen,
die wie Löwen über die Dünen schleichen.
Blut und Honig tropft von ihren Kiefern.
und Magie.

IN DEN LÄNDERN DER OLIVEN UND DES LORBEERS,
WO DIE GÖTTER WANDELN,
BEOBACHTEN WIR, WIE EIN SOLDAT SEIN GEWAND BEPISST
UND EIN WOLF MIT LEICHTEN SPRÜNGEN DAVONLÄUFT.
IN DIESEM HERZEN EINES JEDEN GEHEIMNISSES,
SO FLÜSTERT DER ZWEIMAL GEBORENE KNABE, DER VON
DEN TOTEN AUFERSTAND,
LIEGT DER KERN MEINES KORNS UND DER WEIN MEINES BLUTES.
DRAMA, REBEN UND BOCKSBEINE FOLGEN IHM IN DIE WELT.
DIESE HEXENKÖNIGIN HAT IMMER DREI GESICHTER; SIE WARTET AN DEN KREUZWEGEN
AUF DEIN OPFER;
WARTET AUF DIE UNTERWELT,
IN DEN HEILIGEN HAINEN,
IM MOND.
SIE SITZT UNTER EINEM TOTEN KÖNIG, HÄNGT AN EINEM BAUMSTAMM
UND WIRD DIR ALLE KÜNSTE DER ELEGANTEN VERFÜHRUNG ZEIGEN.
ABRAKADABRA.
ABRAXAS...
MAGIE.

HÖREN SIE AUF! BITTE! ES...
ES IST ZUVIEL ... ZU UNHEIMLICH ...
ICH...
ICH GLAUBE, ICH MUSS KOTZEN.
ENT-SCHULDIGE, TIMOTHY. ICH HABE DIR ZU SCHNELL ZUVIEL GEZEIGT...
WIR TREIBEN IN DER ZEIT, JUNGE.
ALL DIESE BILDER ... DIESE ORTE ... ÜBERWÄLTIGEND...
KANN ICH DENN MIT NIEMANDEM SPRECHEN?
WIR SIND NICHT WIRKLICHER ALS DER SCHIMMER EINES TRAUMS. NIEMAND HAT DIE MACHT, DICH ZU SEHEN.
AUSSER...
HMM...
„WO SIND WIR?"
„NÄHER AN DEINER ZEIT, JUNGE, BEI WINCHESTER, IN ENGLAND."

WELCHE GEISTER TRETEN UM MICH? SPRICH! SPRICH! SPRICH!
ÄH... HALLO?
WAS FÜR GESCHÖPFE SEID IHR?
ICH BIN EIN JUNGE. UND DAS IST...
ICH ERKENNE DICH, BRUDERLOSER. WAS IST EUER BEGEHR?
WAS DEIN MEISTER BLAISE FÜR DICH, BIN ICH FÜR DIESES KIND.
AH, ER UNTERWEIST DICH. ICH BENEIDE DICH NICHT.
BITTE. WIE WIRST DU GENANNT?

MERLIN.
MERLIN? ABER DER HAT EINEN LANGEN WEISSEN BART UND...
NOCH NICHT. NOCH LANGE NICHT. ICH BIN ERST VIERZEHN, UND MEIN KINN IST HAARLOS.
WIESO KANNST DU UNS SEHEN? DAS KONNTE SONST KEINER.
ICH BIN DER MÄCHTIGSTE MAGIER DIESER ÄRA. DAS SAGT SELBST MEIN MEISTER, BLAISE. DENN ICH BIN DER SOHN EINES TEUFELS, UND MAGIE BRENNT IN MEINEN ADERN. ICH MUSS TUN, WAS ICH TUN WERDE...
DÄMONENBLUT IST MEINE KRAFT UND WIRD MEIN UNTERGANG SEIN.
WHOSO PULLETH OUT THIS
„ES WIRD EIN SCHRECKLICHES DURCHEINANDER WERDEN. ICH MEINE, ICH WERDE ARTHUR AUF DEN WEG BRINGEN, DAS SCHWERT AUS DEM STEIN, UND SO WEITER..."
„ICH WERDE DEN FLÜCHTIGEN RUHM NAMENS CAMELOT SCHAFFEN, DAS SEIN LICHT WIE EIN FEUERWERK DURCH DAS MITTELALTER VERBREITET UND DANN WIEDER VERSCHWINDET..."
„STÜNDE ICH ES DURCH, KÖNNTE ES KLAPPEN. ABER DAS WIRD..."
„...ES NICHT."

NIMUE WIRD KOMMEN, UND ICH WERDE IHR HINTERHERHECHELN WIE EIN HITZIGER FUCHSRÜDE. IHR ETWAS MAGIE BEIBRINGEN, WÄHREND ICH VERSUCHE, UNTER IHRE RÖCKE ZU SCHLÜPFEN. UND DANN ..."
"... WIRD SIE MICH IN EINE HÖHLE LOCKEN UND MIT MEINER EIGENEN MAGIE FESSELN, DAMIT ICH DORT VERFAULE."
HEISSES DÄMONENBLUT. DOCH ES WIRD INTERESSANT WERDEN.
MYRDDIN? MIT WEM SPRICHST DU? ICH SEHE NICHTS...
NATÜRLICH NICHT, IASON. SEI STILL, UND DU DARFST SPÄTER MIT MEINEM FALKEN SPIELEN.
DAS IST IASON. ER IST MEIN FREUND, UND ICH LIEBE IHN WIE EINEN BRUDER. WIR SIND BLUTSBRÜDER, WIR ZWEI.
ABER... WENN DU WEISST, WAS PASSIEREN WIRD.. WARUM KANNST DU ES DANN NICHT ÄNDERN? ETWAS ANDERES MACHEN?
ICH MUSS TUN, WAS ICH TUN WERDE. MAGIE GEWÄHRT KEINE FREIHEITEN, GELEHRIGER FREUND. FÜR ALLES, WAS SIE BEWIRKT, MUSS MAN BEZAHLEN.

ER WAR IN MEINEM ALTER. NUR EIN BISSCHEN ÄLTER.
JA.
KÖNNTE ICH TUN, WAS ER TAT? KÖNNTE ICH SO MÄCHTIG WIE MERLIN WERDEN?
MÄCHTIG? EIN SELTSAMES WORT, IN BEZUG AUF IHN. ICH ...
... GLAUBE SCHON.
IN DEINEN ADERN FLIESST KEIN DÄMONENBLUT, JUNGE. DOCH WENN DU DIESEN WEG WÄHLST, KÖNNTEST DU DIESELBE MACHT KANALISIEREN WIE MERLIN...
MEINST DU WIRKLICH?
DAS WÄRE TOLL.
HM... ER SCHIEN GEWUSST ZU HABEN, DASS ER SCHEITERN UND IN EINER HÖHLE ENDEN WÜRDE UND DASS ES DAS ALLES NICHT WERT WAR...

DAS KANN MAN WOHL SO SAGEN...
UND ER WÜRDE ES TROTZDEM TUN.
JA.
ZEIGEN SIE MIR MEHR. ICH WILL ALLES SEHEN.

ICH... WEISS NICHT, OB ICH DAS VERSTANDEN HABE.
MENSCHEN TÖTEN, WAS SIE FÜRCHTEN, TIMOTHY.
SIE HABEN DIE, DIE SIE ALS HEXEN, ALS TEUFELSDIENER ANSAHEN, VERBRANNT UND ERTRÄNKT UND GEHÄNGT. DIE WEISEN FRAUEN UND DIE LISTIGEN MÄNNER, DIE UNGLÜCKLICHEN, DIE VERLORENEN UND DIE SELTSAMEN.
WÄHREND IN DEN WÄLDERN UND AUF DEN GIPFELN UND NEBEN DEN GROSSEN STEINEN DIE ALTEN RELIGIONEN ÜBERDAUERTEN.
ES SCHEINT KEINE ECHTE MAGIE MEHR ZU GEBEN. NICHT MEHR, WIE ES SIE EINST GAB. WO IST SIE GEBLIEBEN?
VIEL MAGIE WURDE VERLOREN, ALS DIE ÜBERRESTE VON ATLANTIS SANKEN... OBWOHL VERLEGT VIELLEICHT EIN GENAUERER AUSDRUCK WÄRE.
ZWISCHEN DEM MITTELALTER UND DER AUFKLÄRUNG VERLIESS VIEL ZAUBERKRAFT DIESE EBENE FÜR IMMER. SIE BEFINDET SICH NUN AN ANDEREN ORTEN. UND ALS DIE WISSENSCHAFT AUFKAM...
...LIESS SIE DER MAGIE NUR WENIG PLATZ.
WARUM?

DER UNTERSCHIEDLICHE BLICKWINKEL.
DIE WISSENSCHAFT BESCHREIBT DAS UNIVERSUM MIT WORTEN, DIE ES IN EINER GEMEINSAMEN REALITÄT VERANKERN.
DIE MAGIE BESCHREIBT DAS UNIVERSUM MIT WORTEN, DIE ES NICHT IGNORIEREN KANN.
DIE BEIDEN SIND KAUM KOMPATIBEL.
WAS SOLL DAS HEISSEN ? DASS DIE MAGIE AUSGESTORBEN IST ?
NEIN. ABER WILDE MAGIE GEHÖRT DER VERGANGENHEIT AN.
UND DA ES IMMER MENSCHEN GIBT, DIE VERBRENNEN MÖCHTEN, WEN SIE ALS HEXEN SEHEN, HABEN VIELE WAHRE MAGIER NEUE GEWÄNDER ANGELEGT UND SICH GETARNT.
ICH WERDE DIR EINIGE DAVON ZEIGEN.
KOMM. GEHEN WIR VORAN.
DIE FRÜHEN JAHRZEHNTE DEINES JAHRHUNDERTS.
EIN TURM IN SALEM; DAS ZIMMER OHNE TÜREN:
SEIN NAME IST KENT NELSON. ER WIRD AUCH SCHICKSAL GENANNT... FATE. DR. FATE.
DER HELM WIRD NABU GENANNT. ER FAND IHN IN EINER PYRAMIDE. ER IST MAGIER UND HÄLT SICH FÜR EINEN HELDEN.
DES NACHTS FLÜSTERT DER HELM IHM VON DER VERGANGENHEIT ZU, VON EINER WELT DER REINEN ORDNUNG, TOT UND STILL.
MIT DER ZEIT WIRD DIE MASKE ZUM GESICHT. ES IST SEINE BESTIMMUNG... SEIN...
...SCHICKSAL.

UNHEIMLICH. WAS IST MIT IHM PASSIERT?
MIT KENT NELSON? ER STARB. SEIN KÖRPER WAR STERBLICH.
DER HELM BLEIBT. JOHN CONSTANTINE WIRD DIR SEINE DERZEITIGE DIENERIN ZEIGEN, UND MISTER E VIELLEICHT SEIN ZUKÜNFTIGES SCHICKSAL.
BITTE, NIMM PLATZ.
EIN WEISER MANN HAT EINMAL GESAGT, DASS MAN EIN BLATT AM BESTEN IN EINEM WALD VERSTECKT.
DAS BESTE VERSTECK IST OFT VOR DEINEN AUGEN.
WER IST DAS?
ZATARA. ER IST DER VATER DER BÜHNENMAGIERIN ZATANNA, DIE ZU DEINER ZEIT NOCH AKTIV IST.
DIE? DIE HAB ICH IM FERNSEHEN GESEHEN. SIE WAR *KLASSE*.
IHRE ABSTAMMUNGSLINIE IST SEHR LANG.
HÖRE IHM ZU.
MAESTRO, EIN TROMMELWIRBEL.
DANKE.

RÜCKWÄRTS SPRECHEN.
WEIL DIE ZEIT NICHT RÜCKWÄRTS VERLAUFEN WIRD
WEIL ICH WEITERGEHEN WERDE, BIS ICH EINE ANTWORT SEHE
GRAFFITI RÜCKWÄRTS AUF DIE UNSICHTBARE WAND GESCHRIEBEN
WEIL ICH VORANKOMME...
SIEH MEINEN STAUB.
WIR FÜRCHTEN DAS UNBEKANNTE.
WIR TÖTEN DIE DINGE, DIE WIR NICHT VERSTEHEN.
HIER: RÜCKWÄRTS SPRECHEN
BELEBE EINEN TRAUM.
HIER: RÜCKWÄRTS SPRECHEN
GLANZ MASKIERT DIE FURCHT.
DER DRANG VORANZUKOMMEN, DER BRENNENDE DRANG.
(SIEH MEINEN STAUB, MEINE TOCHTER, SIEH MEINEN STAUB.)
ICH BRAUCHE MEHR ALS ILLUSION, WIR MACHEN ES MIT SPIEGELN UND KANINCHEN, ZYLINDERN UND TAUBEN...
WENN DIE MAGIE ERSCHEINT, WENN DIE LAMPEN SICH ERHELLEN,
WENN ICH MEINEN ZYLINDER TRAGE UND DIE JACKE MIT DEN VIELEN TASCHEN,
WENN ICH RÜCKWÄRTS SPRECHE...
DANN WUSSTE ICH, DASS ICH KREUZ UND QUER DURCH DAS LABYRINTH EILTE.
UND SOBALD ICH DIE TÄUSCHUNG HINTER MIR GELASSEN HATTE
ALL DIE ANDEREN
ALL DIE „GROSSEN", DIE „ERSTAUNLICHEN",
DIE „MEISTER DER ILLUSION",
SIE ALLE; SOBALD ICH MEINEN STAUB GESEHEN HATTE, FAND ICH LEERE
DIE HOHLE STELLE IM MITTELPUNKT DES LABYRINTHS
KEINE RÜCKKEHR KEIN RÜCKWEG
NICHT EINMAL RÜCKWÄRTS SPRECHEN
NICHT EINMAL RÜCKWÄRTS GEHEN
ICH DACHTE, ICH HÄTTE MEINEN WEG ZUM MITTELPUNKT DES UN-SICHTBAREN LABYRINTHS GEFUNDEN;
DOCH ICH HATTE - VIELLEICHT - NUR DEN EINGANG ENTDECKT.
SIEH MEINEN STAUB.
ICH ZOG MICH IN DIE SICHERHEIT ZURÜCK,
DIE WELT DER ILLUSION,
AUF DIE BÜHNE, INS SCHEINWERFERLICHT
ALLE AUGEN AUF MIR, UND NIEMAND SIEHT WIRKLICH, WEIL ICH NICHT RÜCKWÄRTS SPRECHE. WEIL ICH NICHT SAGE:
(THCAN EDREW UZ NEGNILRETTEMHCS)
UND DIE NACHT WIRD NICHT ZU SCHMETTERLINGEN.
ICH GEBE DEM PUBLIKUM NICHTS VON MIR,
WIE ICH ES MIT SPIEGELN MACHE, UND FÄDEN UND TASCHENSPIELERTRICKS.
DIE TÄUSCHUNG DER ILLUSION, UND DIE HAND TÄUSCHT DAS AUGE...
MEIN LEBEN WIRD ERHELLT WIE EIN BLITZ VOM ZWEITEN UND WENN ICH ZURÜCK-SCHAUE, SEHE ICH NUR
DIE LEICHEN DER TIERE UND VÖGEL
DIE MIT MIR AUF DIE DUNKLE BÜHNE KAMEN UND MIR HALFEN, SIE ALLE ZU TÄUSCHEN.
DAS GEZWITSCHER DER VÖGEL, UND TOTE KANINCHEN IM ZYLINDER
SIE SEHEN MEINEN STAUB.
VOLLER STOLZ VERBEUGE ICH MICH EIN LETZTES MAL, SO STOLZ, WIE ES EINEM ZAUBERER GEZIEMT
UND GEHE IN FLAMMEN UNTER
UND AUF IN RAUCH.

ES GIBT KEIN RÜCKWÄRTSGEHEN, UND ICH HABE MICH IM UNSICHTBAREN LABYRINTH VERIRRT.
ICH KANN NICHT ZURÜCKGEHEN.
ICH SCHRIEB MEINEN NAMEN AUF DIE WAND DES UNSICHTBAREN LABYRINTHS HATTE MICH SO IN MEINE STUDIEN VERTIEFT WIDMETE DIESER BESCHÄFTIGUNG MEINE GESAMTE ZEIT UND MEIN GANZES HERZ.
ICH SCHRIEB MEINEN NAMEN, FINDE IHN ABER NICHT MEHR; MEINE ASCHE WIRD WIE STAUB UM DAS LABYRINTH GEWEHT.
ICH-HABE-DAS-GUTE-UND-DAS-BÖSE-GESEHEN. UND-NUN-BIN-ICH-TOT. ICH-BIN-GUT-UND-ICH-BIN-BÖSE-GEWESEN.
UND-NUN-BIN-ICH-TOT. SCHAUT-M-E-I-N... W-E-R-K...
WER IST DAS?

SEIN WAHRER NAME WAR JOHN SARGENT. ER NANNTE SICH „SARGON THE SORCERER".
WIE KENT NELSON KAM ER IN DEN BESITZ EINES RELIKTS VON GROSSER MACHT... IN SEINEM FALL DES RUBINS DES LEBENS.
WIE ZATARA WAR ER EIN WAHRER MAGIER, DER SEINE MAGIE HINTER BILLIGEN TRICKS VERBARG, DIE DIE MASSEN AMÜSIERTEN.
WIE ZATARA STARB ER IN FLAMMEN, UM DEN HIMMEL VOR DEN SCHATTEN ZU SCHÜTZEN, DIE IHN BEDROHTEN.
D-U.
H-Ö-R. Z-U.
E-S. K-O-S-T-E-T. E-I-N-E-N. P-R-E-I-S.

N-I-C-H-T-S. I-S-T. U-M- S-O-N-S-T.
MÖCHTEST DU IHN?
ICH WEISS NICHT.
SEHR VERNÜNFTIG.
DU HAST DEN PFAD DES WISSENS BETRETEN, JUNGE.
AM ENDE DES WEGES WIRST DU WISSEN, WAS DU WISSEN MUSST, UM ENTSCHEIDEN ZU KÖNNEN, WAS DU WILLST.

EGRESS
TRITT DURCH DIESE TÜR.
DAHINTER BEFINDEN SICH BEMERKENSWERTERE *UNGEHEUER* UND *HEILIGE* UND *SÜNDER* UND *FREAKS*, ALS DU SIE AUF UNSERER REISE DURCH DAS ALTERTUM GESEHEN HAST.
DIE REISE HAT GERADE ERST BEGONNEN.
DOCH ICH HABE DICH SO WEIT GEBRACHT, WIE ICH DICH BRINGEN KANN, KIND.

13
HALLO, JUNGE. WIE WAR'S?
GANZ IN ORDNUNG. ICH HABE VIEL GELERNT.
UND GEKOTZT.
VERDAMMT. SPUCK JA NICHT AUF MEINEN REGENMANTEL. DEN KRIEGT MAN NUR SCHWER SAUBER.
NA SCHÖN. JETZT DU UND ICH.
ICH FÜHRE DICH ETWAS HERUM UND STELLE DICH EIN PAAR LEUTEN VOR.
WILLST DU DIE EULE MITNEHMEN?
ÄH... KLAR. KOMM HER, JO-JO!
ALSO ZWEI KARTEN FÜR DIE GROSSE BESICHTIGUNGSTOUR MIT MIR ALS FÜHRER.
ZUM SCHREIEN, WAS? DER BLINDE FÜHRT DEN BLINDEN.
KOMM, TIMOTHY HUNTER. WIR HABEN EINEN LANGEN WEG VOR UNS.
ICH MEINE, WIR SOLLTEN IHN TÖTEN.

DAS BUCH DER MAGIE

Zweites Kapitel

DIE SCHATTENWELT

Text: Neil Gaiman

Zeichnung: Scott Hampton

WO SIND WIR?
IN EINEM FLUGZEUG. GROSSES METALLDING, FLIEGT DURCH DIE LUFT, BRINGT DEIN GEPÄCK NACH HONGKONG.
ABER WIR HABEN KEIN GEPÄCK, ALSO MACHT DAS NICHTS.
HM... WIE KOMMEN WIR HIERHER? WIR WAREN IN DEM EINKAUFSZENTRUM, UND SIE HABEN GESAGT...
DASS ICH DICH EIN PAAR LEUTEN VORSTELLE, RICHTIG? NA JA, DIE MEISTEN DAVON LEBEN IN DEN USA, ALSO FLIEGEN WIR DAHIN.
ABER ICH ERINNERE MICH AN NICHTS... UND ICH HABE KEINEN PASS.
ICH AUCH NICHT. HAB IHN VERLOREN. WOLLTE MIR IMMER MAL EINEN NEUEN BESORGEN, KAM ABER NIE DAZU.
ABER WIE SIND WIR IN DAS FLUGZEUG GEKOMMEN? UND WAS PASSIERT, WENN WIR LANDEN?
HE, DU MACHST DIR ZUVIEL SORGEN.
DU HAST EINEN BESCHISSENEN FILM UND EIN UNGENIESSBARES MITTAGESSEN VERSCHLAFEN.
WIR LANDEN IN EINER HALBEN STUNDE IN NEW YORK, UND ICH MUSS WAS MIT EINER SEHR NETTEN STEWARDESS BESPRECHEN.
OH. KLAR.

HALLO. DU BIST TIM HUNTER, NICHT WAHR?
JA.
BRAND. BOSTON BRAND. SCHÖN, DICH KENNENZULERNEN. IN DER UNTERWELT HAT ES ZIEMLICH VIEL TUMULT UM DICH GEGEBEN, JUNGCHEN.
ACH JA?
KLAR. ICH SPRACH GERADE MIT EINEM BURSCHEN, DER SICH UMGEBRACHT HÄTTE, UM DICH ZU FINDEN.
ÄH... NICHTS FÜR UNGUT, ABER... SIND SIE VERRÜCKT?
NICHT, DASS ICH WÜSSTE.
NA JA... EINER VON UNS MUSS VERRÜCKT SEIN. DANN BIN ICH ES WOHL.
JA? DIESER BURSCHE GEHÖRTE ZUR KALTEN FLAMME, ODER ZUM BLUTROTEN MOND, ODER ZUM DUNKLEN ZIRKEL...EINE DIESER SPUKSHOWS.
SIE SIND HINTER DIR HER, JUNGCHEN. DU MUSST AUF DER HUT SEIN.
ICH WEISS NICHT, WOVON SIE SPRECHEN, UND EHRLICH GESAGT, ES IST MIR AUCH SCHNURZ.
BERÜHMTE LETZTE WORTE, JUNGCHEN.
MEINE WAREN: „VON HIER OBEN SIEHT'S FAST SO AUS, ALS HÄTTE DER BURSCHE MIT DEM HAKEN EIN GEWEHR...“
IST WAS PASSIERT, WÄHREND ICH WEG WAR?
NEE.
NA PRIMA.

WIR SETZEN ZUR LANDUNG AN. LINKS VOR SICH SEHEN SIE MANHATTAN...
WEISST DU, ALS ICH EIN KIND WAR, HIELT ICH DIE USA FÜR EIN MÄRCHENLAND. SO GROSS... UND MAN HÖRTE ALLES MÖGLICHE ÜBER DIE SUPERHELDEN, UND MAN *GLAUBTE* ES, WEIL ES AMERIKA WAR...
ICH MEINE, ALS ICH EIN JUNGE WAR, KONNTE DA EINFACH ALLES PASSIEREN. SIE HATTEN DIESE UNGLAUB-LICHEN SACHEN, PIZZAS, FEUERHYDRANTEN, HOLLYWOOD UND DAS EMPIRE STATE BUILDING...
UND SUPERHELDEN, MAGIE, AUSSERIRDISCHE UND ICH WEISS NICHT WAS. UND WIR HATTEN NUR *SUPERCAR*.
SUPERCAR?
VOR DEINER ZEIT. NA JA, ALS ICH DANN NACH AMERIKA KAM, STELLTE ICH FEST, DASS DAS LAND ALLEN FILMEN, FERNSEHSENDUNGEN UND KLISCHEES ENTSPRACH, VON DENEN MAN GEHÖRT HATTE.
MAN FINDET HIER ALLES, WENN...
...MAN ES SICH VORSTELLEN KANN.
MEXICO
ABER ICH ZIEHE ENG-LAND VOR.
ICH WILL LIEBER IN EINEM KLEINEN, ALTEN LAND LEBEN, IN DEM NIEMAND MIT EINEM UMHANG DURCH DIE STADT LÄUFT, OB ER NUN ÜBER GEBÄUDE SPRINGEN KANN ODER NICHT.

HE... WIE HABEN WIR DAS GEMACHT ?
WAS ?
WIR SIND EINFACH DURCH DEN ZOLL MARSCHIERT. EINFACH SO.
JA ?
GLEICH WIRST DU WAS GANZ ANDERES ERLEBEN.
SAGEN SIE NICHTS. SIE ZEIGEN MIR DIE DUNKLEN GEHEIMNISSE DES VERLORENEN LEMURIA UND DES ALTEN MU ?
DU FÄHRST IN EINEM NEW YORKER TAXI.
NYC TAXI
GREENWICH VILLAGE. BITTE. CHRISTY STREET.
UND WAS IST IN GREENWICH VILLAGE ?
EINE ALTE FREUNDIN VON MIR. SIE WIRD SICH *FREUEN*, UNS ZU SEHEN. HÜBSCHE LADY.
SIE IST KARTENLEGERIN. NENNT SICH *MADAME XANADU*.
NYC TAXI

TRETET OHNE FURCHT EIN...
JOHN CONSTANTINE! DU WAGST ES, HIERHERZU-KOMMEN? RAUS!
HM. MADAME X. SO HÜBSCH WIE IMMER. DU BIST KEINEN TAG ÄLTER GEWORDEN.
VERSUCH NICHT, MIR ZU SCHMEICHELN, DU DIEB! MEINST DU, ICH HÄTTE VERGESSEN, WIE DU MICH DAS LETZTE MAL BEHANDELT HAST...
DU HAST DICH NUR HIER EINGESCHLICHEN, UM DAS EI DES STURMS ZU STEHLEN...
ICH KÖNNTE DIR ALLE GLIEDER EINZELN AUSREISSEN. ICH KÖNNTE HARPYEN BE-SCHWÖREN, DIE DIR DIE AUGEN AUSSTECHEN.
DU WAGST ES, MEIN HEIM ZU BETRETEN, MEIN ZENTRUM DER MACHT? ICH HÄTTE NICHT ÜBEL LUST, DIR...
ÄH... UND WENN ICH SAGE, DASS ES MIR LEID TUT?
ICH GEBE DIR ZEHN SEKUNDEN, UM ZU VERSCHWINDEN, JOHN CONSTANTINE. DANN WERDE ICH... WERDE ICH...
TIM, WARTE DOCH KURZ MAL DRAUSSEN, JA?

JA. BESTIMMT. ES *IST* DER JUNGE.
KEIN PROBLEM. ICH KANN MICH UM IHN KÜMMERN.
KOMM WIEDER REIN, TIM, DAMIT ICH DICH VOR-STELLEN KANN.
TIM, DIESE LADY WIRD MADAME XANADU GENANNT. MADAME X, DAS IST TIM HUNTER.
SCHÖN , DICH KENNENZULERNEN, JUNGE. CONSTANTINE HAT MIR ETWAS ÜBER DICH ERZÄHLT. SETZ DICH.
ICH LEGE DIR DIE KARTEN.
WIR HABEN'S EILIG, MADAME. KÖNNEN WIR DAS NICHT AUSLASSEN?
NEIN. ABER ICH MACHE ES KURZ.
MISCH DIE KARTEN, SOLANGE DU WILLST, UND GIB SIE MIR DANN ZURÜCK.
VIER KARTEN. SIE ZEIGEN ALLES, JUNGE. DIE *ELEMENTE*, *LAUNEN* UND DIE *ECKEN* DER *WELT*.
HMM. *ALLES* GROSSE GEHEIM-NISSE, OBWOHL ES MICH ÜBERRASCHT HÄTTE, ETWAS ANDERES ZU SEHEN. ALSO...

„DIE ERSTE KARTE VERRÄT UNS, WOHER DU KOMMST."
„DER URALTE, DER BEOBACHTET, ABER SCHWEIGT. EIN WEISER MANN WIRD... NEIN, HAT DIR GEHEIMES WISSEN NAHEGEBRACHT. EIN SCHRECKLICHES ALTES WESEN, DAS EWIG FREMD BLEIBT. ICH SEHE VERGANGENE ZEITEN."
IX
THE HERMIT.
„DIE ZWEITE KARTE VERRÄT UNS, WO DU JETZT BIST."
„DAS GLÜCKSRAD. UNZUVERLÄSSIG, EIN SPIELER. ERGREIFE DEINE GELEGENHEITEN, WENN SIE SICH DIR BIETEN. ABENTEUER ERWARTEN DICH, UND GEFAHR... DU BIST IN GROSSER GEFAHR, WENN ICH MICH NICHT IRRE. UND ICH IRRE MICH NICHT."
X
WHEEL of FORTUNE.
„DIE DRITTE KARTE VERRÄT UNS, WOHIN DU GEHST."
„DIE KAISERIN. SELTSAM. JEMAND, DER IHRE WEIBLICHE SEITE VERSTEHT ODER MIT IHR IN VERBINDUNG STEHT. EINE FRAU... VIELLEICHT MEHRERE... BÄUMT SICH AUF. SIE BEWACHT ETWAS, DAS SIE DIR GEBEN WIRD. EINE TAGWELT UND EINE NACHTWELT..."
III
THE EMPRESS.
„UND DIE LETZTE KARTE VERRÄT UNS, WOHIN DICH DAS ALLES FÜHRT."
„GERECHTIGKEIT, VERKEHRT HERUM. WIEDER JEMAND, DER DIR NAHESTEHT. EINE ENT-SCHEIDUNG. DER BLINDE RICHTER WIRD DAS KLEINKIND DURCHTRENNEN. EINE ZEIT GROSSER DUNKELHEIT."
XI
JUSTICE.

HMM. DIE KARTEN KÖNNTEN *MENSCHEN, UMSTÄNDE* ODER *ZEITEN* SEIN. ODER MEHR ...
VIER MÄNNER? ODER DREI MÄNNER UND EINE FRAU ...
ES TUT MIR LEID. WENN ICH MEHR ZEIT HÄTTE ... ABER IHR MÜSST WEITER. DU FÄHRST AUF DEM GLÜCKSRAD, REIST MIT DEM SPIELER.
VIEL GLÜCK, JUNGE.
SEI AUF DER HUT.
NORMALERWEISE ERWARTE ICH EIN GESCHENK VON MEINEN KUNDEN. ABER IN DIESEM FALL HABE ICH EINS FÜR DICH.
HIER, TIMOTHY. BEVOR DU GEHST.
JO-JO! DAS IST MEIN JO-JO, ODER?
IST CORRIGAN SOWEIT?
DAS NEHME ICH AN.
UND SEINE BESSERE HÄLFTE?
ER GEHT HEUTZUTAGE, WOHIN CORRIGAN GEHT.
NA SCHÖN, DANN GEHEN WIR NACH OBEN. PASS AUF DICH AUF, SCHATZ.

WAS HÄLTST DU VON DEN KARTEN?
KEINE AHNUNG. SIE SCHIEN SICH NICHT ZU FREUEN, SIE ZU SEHEN. STANDEN SIE IHR NAH?
FRÜHER MAL. EIN JUNGER BURSCHE KANN VON EINER ÄLTEREN FRAU VIEL LERNEN.
UND SIE HABEN IHR WIRKLICH DIESES ...EI DES STURMS GESTOHLEN?
GEWISSERMASSEN. ICH WOLLTE ES IHR ZURÜCKGEBEN, ABER ES GING BEI EINEM SCHARMÜTZEL MIT EINEM TROLL IN BIRMINGHAM KAPUTT.
„OH. SICHER. ES GIBT TROLLE IN BIRMINGHAM. ALLES KLAR."
„WENN MAN WEISS, WO MAN SUCHEN MUSS, JA."
IST DIESER JIM CORACLE SCHWUL?
CORRIGAN DETECTIVE AGENCY
CORRIGAN. NICHT, DASS ICH WÜSSTE. WIESO?
NA, SIE HABEN VON SEINER BESSEREN HÄLFTE GESPROCHEN, UND SIE SAGTE DARAUFHIN ER, UND...
GUTEN TAG. HABEN SIE EINEN TERMIN?
NEIN. ABER WÜRDEN SIE IHREM BOSS SAGEN, DASS MR. CONSTANTINE IHN SPRECHEN MUSS?
NA JA, CORRIGAN IST TOT.
TOT?
GEWISSERMASSEN. SEIT ENDE DER 30ER JAHRE, WIE ICH GEHÖRT HABE. ABER MAN HAT IHN ZURÜCKGEHOLT.
UND MIT IHM KAM NOCH ETWAS ZURÜCK. WIR SIND UNTERSCHIEDLICHER MEINUNG DARÜBER, WAS GENAU DAS IST.
„ICH MEINE, DIE EINEN BEHAUPTEN, ES SEI SEINE KOMPRIMIERTE SEELE. ANDERE WIEDERUM MEINEN, ES SEI ETWAS VIEL ÄLTERES."

WAS ES AUCH IST, MANCHMAL IST ES PRAKTISCH DAS *MÄCHTIGSTE* DING IM UNIVERSUM. MANCHMAL IST ES NUR EIN KERL IN WEISSEN UNTERHOSEN UND MIT EINER GRÜNEN KAPUZE.
ER ZISCHT DIE OKKULTE LIGA SCHNELLER RAUF UND RUNTER, ALS 'NE NUTTE BETTLAKEN WECHSELT.
ER WIRD...
...*SPECTRE* GENANNT. WER SIND SIE? WOHER WISSEN SIE DAS ALLES? KOMMEN SIE HEREIN.
ICH KOMME RUM, BOSS. SIE WISSEN, WIE ES IST. JOHN CONSTANTINE. FRAGEN SIE IHRE ANDERE HÄLFTE... *ER* KENNT MICH.
CORRIGAN, TIM HUNTER. TIMOTHY, DAS IST DER VERSTORBENE JIM CORRIGAN.
ÄH... HALLO. HAB NOCH NIE EINEN TOTEN KENNENGELERNT.
DU BIST ALSO ENGLÄNDER? *SYE, MITE, 'OWS ABOWT A STYKE AN KIDNEY POI, 'EN A POINT OF YER BIST IYLE?*
BITTE?
ICH SPRECHE DOCH EIN PRIMA COCKNEY, ODER? ALS ICH BEIM NYPD WAR, WAR ICH EIN PAARMAL IN LONDON. IHR SOLLTET EURE BULLEN BEWAFFNEN. ÄH... IHR NENNT SIE BOBBIES, ODER?
ICH NICHT. SIE MÜSSEN EINEN ANDEREN MEINEN.

SEID IHR AUF URLAUB HIER?
EIGENTLICH NICHT. MR. CONSTANTINE BRINGT MIR ETWAS ÜBER MAGIE BEI UND STELLT MICH LEUTEN VOR.
„SCHÖN, DICH KENNENZULERNEN. WENN DU MAL EINEN PRIVATDETEKTIV BRAUCHST, RUF DIE DETEKTEI CORRIGAN AN, JA?"
„ÄH... IST DAS EINE EULE?"
NEIN, MEIN JO-JO.
ICH LIEBE EUREN BRITISCHEN HUMOR. BENNY HILL UND DIESEN MONTY PYTHON ...

DU BIST TIMOTHY HUNTER. DU BIST JOHN CONSTANTINE.
WAS WAR DAS GERADE?
JEMAND WOLLTE DICH TÖTEN.
OH.
DIE MÄCHTE DER DUNKELHEIT SIND IMMER UM UNS, JUNGE. UND DAS LICHT SCHREIT IMMER NACH RACHE.
ES GIBT LICHT UND DUNKELHEIT. UND ICH KANN NICHT RUHEN, BIS DIE DUNKELHEIT VERNICHTET IST UND DAS LICHT IM HERZEN ALLER SCHEINT.
OH.
ICH FIEL IN UNGNADE UND BIN VERDAMMT, IN DER SCHATTENWELT ZU WANDELN. EINST WAR ICH ES, DER DEN SCHATTEN WARF.
SIE WERDEN VERSUCHEN, DICH ZU TÖTEN... UND ZU VERFÜHREN. BLEIB REIN, JUNGE, BLEIB REIN.
ÄH... DANKE.
WIR HABEN, WAS WIR WOLLTEN. CIAO.
PIEP PIEP, EULE.
DEPP.
ÄH... JOHN?
WAR DAS NICHT UNSER TAXIFAHRER?
WAR IST DAS RICHTIGE ZEITWORT. JA.
MANN, ICH DACHTE, WIR HÄTTEN NOCH EINE WOCHE, BEVOR SIE UNS EINHOLEN.
SCHEISSE.

HE, SOLLTE ICH NICHT MAL MEINEN VATER ANRUFEN ? ICH MEINE, ER MACHT SICH SICHER SORGEN UM MICH. UND WIE SOLL ICH IHM ERKLÄREN, DASS ICH IN *NEW YORK* BIN ?
IST DAS DAS EMPIRE STATE BUILDING ?
NEE. DAS CHRYSLER BUILDING.
MACH DIR KEINE SORGEN UM DEINEN VATER. DIE TRENCHCOAT-BRIGADE WIRD SICH UM IHN KÜMMERN.
THE SUN
ANOTHER TEENAGE
OH.
DIESER *SPECTRE*... ALS DER MANN IN SCHWARZ MIR DEN ANFANG DER ZEIT ZEIGTE, SAH ICH DIESE *ENGEL*. GROSS WIE WELTEN. ER SAH AUS WIE EINER VON IHNEN.
KÖNNTE SEIN. BEI ENGELN KRIEGE ICH IMMER NE GÄNSEHAUT.
KENNEN SIE VIELE DAVON ?
EIN PAAR.
ICH KANN ES NICHT GLAUBEN, DASS ICH *SO* EIN GESPRÄCH FÜHRE. DASS ICH AUF DER ... ÄH ...
ZWÖLFTEN STRASSE.
... MIT EINER EULE AUF DER SCHULTER ÜBER DIE ZWÖLFTE STRASSE GEHE. DASS ICH IN AMERIKA BIN. ICH GLAUBE NICHT, DASS MICH JEMAND TÖTEN WILL. UND ICH GLAUBE NICHT ...
AN MAGIE ?

TIMOTHY HUNTER. JOHN CONSTANTINE. ICH HABE EINE NACHRICHT FÜR EUCH BEIDE.
DAS IST EINER DER GUTEN, TIM.
MISTER FATE. JA, ICH KENNE IHN. ER WAR EINMAL KENT NELSON.
DOCTOR FATE. JA, WIR WAREN EINMAL KENT NELSON, JUNGE. UND ER IST JETZT EIN TEIL VON UNS.
KOMISCH... ICH WOLLTE DICH AUF TIMS MAGICAL MYSTERY TOUR BEEHREN. ABER JETZT MÜSSEN WIR DIE TOUR WOHL ABBRECHEN.
EINE BOTSCHAFT DEINER DREI WAFFENGEFÄHRTEN.
SIE SIND EIGENTLICH NUR BEKANNTE MIT WEITEN MÄNTELN.
DIE MÄCHTE DER DUNKELHEIT HABEN EINEN PREIS AUF DEN KOPF DES JUNGEN AUSGESETZT.
CONSTANTINE, DU MUSST EINE ZUFLUCHT FÜR IHN SUCHEN UND DANN DEINEN BRÜDERN BEI IHREM KAMPF GEGEN DIE MÄCHTE DER NACHT HELFEN.
GIBT ES EIN BESTIMMTES SCHLACHTFELD, ODER WAR DAS NUR SO ALLGEMEIN GESAGT?
FINDE ZUERST EINE ZUFLUCHT FÜR TIMOTHY, JOHN CONSTANTINE.
18 ENGINE CO. 18
ICH HASSE DIESEN JOB. WÜRDE ICH ES NICHT NOCH MEHR HASSEN, MORGENS AUFZUSTEHEN, WÜRDE ICH MIR SOFORT EINEN ANSTÄNDIGEN BERUF SUCHEN.
IHR WERDET AUGENBLICKLICH AUFBRECHEN.

DARF ICH NOCH AUF DAS EMPIRE STATE BUILDING ?
NEIN.
ICH HABE SIE IN DER VERGANGENHEIT GESEHEN. IHR HELM WAR EINE ART GOTT...
WAR. FRÜHER WAR ER EIN HERRSCHER AUS EIGENEM RECHT, HEUTE IST ER EIN DING KALTER ORDNUNG.
VERSTEHST DU, TIM...
ALLE DINGE SPALTEN SICH IN DIE KRÄFTE DER ORDNUNG UND DES CHAOS, DIE AUF EWIG UM DIE HERRSCHAFT RINGEN.
DAS LEBEN KOMMT AN DER SCHNITTSTELLE VOR; NICHT IM SICH WINDENDEN MISSKLANG DES VÖLLIGEN CHAOS, NICHT IN DER GLATTEN PERFEKTION REINER ORDNUNG, SONDERN IRGENDWO DAZWISCHEN.
DANN GIBT ES ALSO... GÖTTER DES CHAOS UND DER ORDNUNG ?
RICHTIG.
KLINGT NACH EINEM BLÖDEN FANTASY-ROMAN.
O NEIN. DAS IST DAS PRINZIP DER MAGIE: DEM FORMLOSEN CHAOS DIE ORDNUNG AUFZUDRÄNGEN, DIE GRAUE MONOTONIE DER ORDNUNG MIT FREUDIGEM CHAOS ZU DURCHSETZEN...
DAS IST WAHRE MAGIE. ALLES ANDERE IST SCHATTEN.

GENAU, CHAOS GEGEN ORDNUNG. ICH DACHTE, HEUTE HÄTTE JEDER VON FRAKTALEN GEHÖRT.
ES GIBT KEIN CHAOS, KEINE ORDNUNG, NUR MUSTER UNTERSCHIEDLICHER KOMPLEXITÄT.
MÖCHTEN SIE ETWAS TRINKEN, SIR?
EINEN GIN-TONIC, SCHÄTZCHEN. TIM?
KANN ICH EINEN SOUTHERN COMFORT HABEN?
ER NIMMT EIN GINGER ALE.
ABER...
HE, EINEN BESOFFENEN ZWÖLFJÄHRIGEN KANN ICH WIRKLICH NICHT BRAUCHEN.
ICH GEH MAL ZUM KLO. BLEIB HIER.
PSST... JUNGCHEN!
JA?
ICH BIN'S. BOSTON BRAND.
WAS?
WEISST DU NOCH... ICH SASS AUF DEM FLUG NACH NEW YORK NEBEN DIR.
SIE HABEN ABGENOMMEN. UND DIE FARBE GEWECHSELT.
JA. DENN DAS IST NICHT MEIN KÖRPER. ICH BORGE IHN MIR NUR AUS, DAMIT ICH MIR DIR SPRECHEN KANN. WEISST DU... ICH BIN TOT.

WAS IST SO KOMISCH?
NA JA, VOR EIN PAAR STUNDEN HABE ICH GESAGT, DASS ICH KEINEN TOTEN KENNE, UND JETZT LERNE ICH ZWEI AN EINEM TAG KENNEN.
DREI, WENN MAN DEN TAXIFAHRER MITZÄHLT. ABER DER SAGTE NICHTS MEHR, NACHDEM ER STARB.
ALLER GUTEN DINGE SIND DREI, HEISST ES.
WAS HÄLTST DU ALSO VON CONSTANTINE?
ER IST WOHL IN ORDNUNG. MAN KANN MIT IHM BESSER REDEN ALS MIT DEN DREI ANDEREN. ICH VERSTEHE NUR NICHT, WIE WIR VON EINEM ORT ZUM ANDEREN KOMMEN...
DAS IST EINFACH, JUNGCHEN. ER NUTZT DIE SYNCHRONIZITÄT AUS. DAMIT RÜCKEN FÜR IHN ZEIT, BEWEGUNG UND SOGAR ENTFERNUNG AUF EINEN EINZIGEN PUNKT ZUSAMMEN. ER KANN SICH EINFACH BEDIENEN.
DU ERLEBST EIN TOLLES *ABENTEUER*, WAS, JUNGCHEN?
ICH WILL DIR HELFEN ...
... ES ZU ÜBERLEBEN. ICH MUSS DIR ETWAS *WICHTIGES* SAGEN.
MORNING STAR
ACHTE KINDERLEICHE IN KANALISATION GEFUNDEN
WER IST DEIN FREUND?
ÄH... DAS IST BOSTON BRAND.
BRAND? NEE. ICH HEISSE MATTHESON. HE... MIR IST SO *KOMISCH* ...

DAS IST UNSER ZIEL, MEINE FREUNDE. DIE ZITADELLE DER KALTEN FLAMME.
WIR SIND NUR ZU DRITT. WIE SOLLEN WIR SIE DA AUFHALTEN KÖNNEN?
DAS RECHT IST AUF UNSERER SEITE.
RECHT IST LEIDER KEINE GARANTIE FÜR ERFOLG, E. DOCH WIR MÜSSEN ES VERSUCHEN.
WENN WIR DEN KOPF NICHT ZERSTÖREN, WERDEN DIE ARME NACH TIMOTHY HUNTER GREIFEN UND IHN TÖTEN. DAS KANN ICH NICHT ZULASSEN.
SOLLEN SIE IHN DOCH TÖTEN. DANN WÄREN WIR ALLER PROBLEME LEDIG.
NEIN.
MEIN VATER PFLEGTE ZU SAGEN, NICHT NUR EIN SCHINKEN KANN AM BAUM BAUMELN.
UND WIR ALLE WISSEN, WAS MIT IHREM VATER PASSIERT IST, E.
LÜGEN! BLASPHEMISCHE LÜGEN! MEIN VATER WAR EIN GROSSER MANN, DER VON KLEINGEISTIGEN NARREN ZU FALL GEBRACHT WURDE!
SCHLUSS DAMIT. WENN SIE UNS NICHT HELFEN WOLLEN, KÖNNEN SIE GEHEN.
AI!
ICH HABE GESAGT, ICH MACHE MIT. ICH HALTE MEIN WORT.
GUT. ES WIRD BALD DUNKEL. WIR MÜSSEN EINEN PLAN AUSARBEITEN. MORGEN IST SCHLIESSLICH ALLERHEILIGEN.
UND WIR MÜSSEN BETEN, DASS CONSTANTINE WEISS, WAS ER TUT.
OH.
OJE.

DAS WAR MAL DAS MACHTZENTRUM DER USA.
ACH WAS?
JA. JETZT IST'S 'NE MIESE GEGEND.
VORSICHT, JUNGCHEN!

O GOTT!
DU MUSST BESSER AUF DAS JUNGCHEN AUFPASSEN, CONSTANTINE.
RÜÜÜLPS
WAS SOLLTE DAS HEISSEN?
KEINE AHNUNG.
KOMM. ICH MUSS DICH AN EINEN SICHEREN ORT BRINGEN.
WINTERS HAUS WÄRE IDEAL. ES IST DIREKT UM DIE ECKE.

BARON WINTER IST EIN ALTER KUMPEL VON MIR. WIRD DER SICH FREUEN, UNS ZU SEHEN...
Ding Dong
HALLO, BARON.
OH. SIE SIND'S.
IN PERSON. FREUEN SIE SICH GAR NICHT?
CONSTANTINE, ICH HABE BESUCH ZUM ABENDESSEN. BITTE GEHEN SIE.
ZUM ABENDESSEN? PRIMA. WIR VERHUNGERN BALD. DAS IST TIMOTHY HUNTER. ER WIRD MAL EIN ERSTKLASSIGER MAGIER SEIN, WENN ER WILL. DAS PROBLEM IST NUR, DASS JEMAND IHN UMBRINGEN WILL.
WIR SUCHEN ZUFLUCHT BEI IHNEN.
GEHEN SIE. HAT MICH GEFREUT, SIE ZU SEHEN.
HABEN SIE NICHT GESAGT, ER WÄRE IHR FREUND?
VIELLEICHT HABE ICH ETWAS ÜBERTRIEBEN.
GELOGEN, MEINEN SIE.
HE, NEHMEN SIE UNS AUF, BIS WIR WISSEN, WO WIR UNTERSCHLÜPFEN KÖNNEN...

RRhrrrrhrhh...
MIST! JETZT HABEN SIE JO-JO ERSCHRECKT!
KOMM ZURÜCK, DU DUMMER VOGEL!
HMPH!
ER FLOG DA DURCH!
TEUFEL!
SIEH AN, JASON BLOOD, NICHT WAHR? LANGE NICHT MEHR GESEHEN.
TUT MIR LEID. ICH ERINNERE MICH NICHT AN SIE.
JOHN CONSTANTINE.
„AH, JETZT FÄLLT'S MIR EIN. SIE WURDEN UM 1830 IN TYBURN GEHÄNGT."
„ICH NICHT, SIR. VIELLEICHT JEMAND, DER AUCH SO HIESS."

WAHRSCHEINLICH.
WIR LERNTEN UNS VOR ZEHN JAHREN KENNEN, ALS SIE ALS OKKULTIST IN GOTHAM ARBEITETEN. ERINNERN SIE SICH? DIE LUPUS-SACHE!
NEIN.
WIE SIE MEINEN.
... ABER ES WAR SCHON DUNKEL! UND, ICH MEINE... DIESE *LEUTE*...
ICH HABE KEINE AHNUNG, WOVON SIE SPRECHEN!
NOCH EIN GESCHÖPF DER NACHT, WAS? TJA, WIR PASSEN GUT ZUSAMMEN. MEIN NAME IST JASON BLOOD.
WAS? JASON... „*IASON*"? SIE WAREN BEI MERLIN. SIE HABEN DIESELBE HAAR-STRÄHNE.
WIR KENNEN UNS?
NICHT DIREKT.
ICH WOLLTE KEINE DINNERPARTY GEBEN, CONSTANTINE.
PRIMA. ICH HABE AUCH KEINEN SMOKING DABEI.
SIND SIE EIN ECHTER BARON?
MANCHMAL.
AH.
SIE WERDEN ESSEN UND WIEDER GEHEN, VERSTANDEN? SIE SIND HIER NICHT WILLKOMMEN, CONSTANTINE.
SAGEN SIE, BARON, SIND SIE NOCH IMMER DIE ATTRAKTION DES GESELLSCHAFTLICHEN LEBENS IN WASHINGTON?
HMPH. IHR HUMOR IST ER-BÄRMLICH WIE EH UND JE.
VERSTEHST DU, TIM, DER BARON GEHT NICHT AUS. NICHT DURCH DIE VORDERTÜR JEDENFALLS. NICHT INS HIER UND JETZT.
OH.

DARF ICH RAUCHEN, HERR BARON?
AUF KEINEN FALL.
TIM WILL EINE LAUFBAHN IN DER MAGIE EINSCHLAGEN, MR. BLOOD. HABEN SIE EINEN RAT FÜR IHN?
TU ES NICHT. DIE SCHATTENWELT BESTEHT NUR AUS SCHEIN UND HAT KEINE SUBSTANZ. EINE ILLUSION DER SCHÖNHEIT UND MACHT, DIE EINEN TIEFEN, KLAFFENDEN ABGRUND BEDECKT. UND IM HERZEN DIESES ABGRUNDS LIEGT DIE GRUBE, JUNGE.
UND GLAUB MIR, DU WILLST NICHT IN DIE HÖLLE.
SIE TUN MIR WEH!
VERZEIHUNG.
SCHON GUT.
NUN DENN, BARON, ERZÄHLEN SIE DEM JUNGEN ETWAS ÜBER MAGIE.
JA. NUR ZU. DAS TAT JA BISLANG JEDER.
ICH WEISS NICHTS ÜBER MAGIE, JUNGE. ICH SCHÄTZE, ES GIBT DA...
TIM.
BITTE?
TIM, ODER TIMOTHY. NICHT JUNGE. DAS GEHT MIR LANGSAM AUF DIE NERVEN.
SELTSAM. ICH HATTE EIN RUHIGES ABENDESSEN MIT MR. BLOOD GEPLANT. WIR HÄTTEN GEWISSE AKTUELLE EREIGNISSE BESPROCHEN, INFORMATIONEN AUSGETAUSCHT UND ÜBER VERGANGENE ZEITEN GEPLAUDERT.
STATT DESSEN BEWIRTE ICH EINEN UNBEDEUTENDEN SCHLÄGER AUS LONDON, DER DAVON TRÄUMT, DIE WELT ZU RETTEN, UND SEINEN WANDERZIRKUS.
SCHON GUT, BARON. ERZÄHLEN SIE MIR WAS ÜBER MAGIE, UND DANN GEHEN WIR, UND SIE SEHEN UNS NIE WIEDER.
WAHRSCHEINLICH, WEIL MIR IRGENDEIN IRRER DIE KEHLE DURCHSCHNEIDEN WIRD.
ICH HABE KEINE AHNUNG, WARUM DU MICH FRAGST. ABER WENN ES DEINEN AUFBRUCH BESCHLEUNIGT...
MAGIE IST UNWICHTIG. SIE BESTEHT NUR AUS KARTENTRICKS, SCHATTEN UND SPIEGELN.
UND WAS IST WICHTIG?
ZU SEIN, WER DU BIST. EINSAMKEIT, WENN DU WILLST. ZIVILISIERTHEIT. ZURÜCKGEZOGENHEIT.
HABEN SIE KETCHUP?
IN DEM SILBERNEN GEFÄSS LINKS VON DIR.

TJA, ER LEBT IN DER VERGANGENHEIT.
GANZ ALLEIN IN DIESEM GROSSEN HAUS, NUR MIT SEINEN ERINNERUNGEN?
NEE. ER *LEBT WIRKLICH* IN DER VERGANGENHEIT.
WER IST ER WIRKLICH?
KEINE AHNUNG. DAS STÖRT MICH JA SO AN IHM. ICH HAB MAL...
... DREI WOCHEN LANG VERSUCHT, ES HERAUSZUFINDEN.
UND IN DREI WOCHEN KOMME ICH IN DIE BANK VON ENGLAND ODER DAS HÖSCHEN EINER NONNE REIN.
ABER BEI IHM ... NICHTS.
STEIG EIN.

SIND SIE SICHER, DASS ER EINER DER GUTEN IST?
ES GIBT KEINE GUTEN ODER BÖSEN. ES GIBT NUR UNS... MENSCHEN. WIR GEBEN UNSER BESTES, UM ZU-RECHTZUKOMMEN.
KANNST DU FAHREN?
ICH BIN ERST ZWÖLF.
NA SCHÖN. DANN MUSS ICH WOHL FAHREN.
WENIGSTENS IST ES NICHT WEIT.
KRRUNCHH
WIESO? WOHIN GEHT'S DENN?
SAN FRANCISCO.
BKKRANG
GRORRNCH
CHUNK
TINK
CHING
FLINK
ABER... DAS IST AN DER WEST-KÜSTE! PASSEN SIE DOCH AUF! ICH MEINE, DAS IST TAUSENDE KILOMETER ENTFERNT! RECHTS! SIE MÜSSEN HIER AUF DER RECHTEN SEITE FAHREN!
W-WAS?
TIM, SCHLAF EIN.
SCHLAF.

NEIN!

SIE SIND NOCH HINTER UNS HER, TIM. JE EHER WIR IN SAN FRANCISCO SIND, DESTO BESSER!
≡GÄHN≡ WAS IST PASSIERT, JOHN? WAS SOLLEN WIR JETZT MACHEN?
DEN DAUMEN RAUSHALTEN UND HOFFEN.
DA! ENDLICH!
KOMMEN SIE, BEVOR ER ES SICH ANDERS ÜBERLEGT!

WOLLT IHR MIT?
JA. WENN SIE KEIN IRRER SIND, DER UNS UMBRINGEN WILL.
HAHA! IHR SEID ENGLÄNDER, WAS? IHR HABT EINEN TOLLEN HUMOR. STEIGT EIN.
AUF URLAUB HIER?
KÖNNTE MAN SAGEN. ICH BIN JOHN CONSTANTINE. DAS IST TIM HUNTER.
TERRENCE THIRTEEN. DOKTOR TERRENCE THIRTEEN.
DER GEISTERJÄGER?
SIE HABEN VON MIR GEHÖRT?
JA. HABE IHR BUCH GELESEN. KOMISCH, DASS AUSGERECHNET SIE UNS MITNEHMEN. DER KLEINE TIM HIER INTERESSIERT SICH FÜR MAGIE. DA HABEN SIE DOCH EINE FESTE MEINUNG, ODER?
NATÜRLICH.
SEIT FÜNFZEHN JAHREN UNTERSUCHE ICH NUN SCHON DAS OKKULTE, JUNGE. MAGIE, SPUK, HEXENKULTE. MAN KÖNNTE MICH EINEN BERUFSMÄSSIGEN ZWEIFLER NENNEN.
„IN FÜNFZEHN JAHREN IST MIR KEIN EINZIGES PHÄNOMEN UNTERGEKOMMEN, DAS SICH NICHT RATIONAL ERKLÄREN LIESS."
„ENTWEDER WAR ES EIN ÜBLER SCHERZ ODER EIN BETRUG, ODER DIE LEUTE WOLLTEN SO SEHR AN KRÄFTE AUSSERHALB UNSERER WAHRNEHMUNG GLAUBEN, DASS SIE SICH EINREDETEN, ES GÄBE MAGIE, UND ZUFÄLLE ODER TÄUSCHUNGEN ALS BEWEIS FÜR IHREN ABERGLAUBEN AUFFÜHRTEN..."
„IN FÜNFZEHN JAHREN?"
„JA, TIM. WENN ES MAGIE GÄBE, HÄTTE ICH MITTLERWEILE IRGENDEINEN BEWEIS DAFÜR GEFUNDEN, ODER?"

ER GLAUBT NICHT AN MAGIE. UND ER...
...HAT RECHT. FÜR IHN GIBT ES SIE NICHT.
MAN MUSS SICH FÜR SIE ENTSCHEIDEN. UND DAS BIETEN WIR DIR: DIE *ENTSCHEIDUNG*.
WENN DU KEINE MAGIE WILLST, WIRST DU NIE MIT IHR ZU TUN HABEN. DU WIRST IN EINER RATIONALEN WELT LEBEN, IN DER MAN ALLES ERKLÄREN KANN.
DOCH WENN DU SIE WÄHLST... NUN, DANN TRITTST DU VOM BÜRGERSTEIG AUF DIE STRASSE.
DIE WELT SIEHT OBERFLÄCHLICH NOCH GENAUSO AUS, DOCH DU KANNST JEDEN AUGENBLICK VON EINEM LASTWAGEN ÜBERFAHREN WERDEN.
DAS IST MAGIE.
JOHN? ICH HABE HUNGER.
DU KANNST BEI UNSEREM NÄCHSTEN HALT FRÜHSTÜCKEN... UNSEREM ZUFLUCHTSORT, WIE ICH HOFFE.
GEHEN WIR WIEDER ZU EINEM IHRER „*ALTEN FREUNDE*"?
ALLERDINGS.
WIE HEISST ER?
SIE HEISST *ZATANNA*.
ZATANNA? DIE MAGIERIN? ICH HAB SIE IM FERNSEHEN GESEHEN! SIE KENNEN SIE? KLASSE!
ZUFÄLLIGERWEISE KANNTE ICH SIE SOGAR SEHR GUT.
WAS SOLL DAS DENN HEISSEN?
OH. OJE.

WIE SICH DIE DINGE SO ENTWICKELT HABEN, WIRD SIE EINE IRRE SEIN, DIE SIE NICHT AUSSTEHEN KANN.
NEE. ICH UND ZATANNA... WIR SIND GANZ DICKE.
WAHRSCHEINLICH HABEN SIE IHREN BESTEN TRICK GEKLAUT ODER IHREN BRUDER UMGEBRACHT.
VATER.
ZUMINDEST WAR ICH FÜR SEINEN TOD VERANTWORTLICH.
WIR WOLLTEN DIE WELT RETTEN.
UND HABEN SIE'S?
DAS WEISS DER LIEBE GOTT.
UND WAHRSCHEINLICH IST ER SICH AUCH NOCH NICHT GANZ SICHER.
DAS IST IHR HAUS.
IST DAS WIRKLICH EINE GUTE IDEE?
KEINE AHNUNG. ABER WENN WIR JETZT AUFGÄBEN, SPRÄCHE DIE TRENCHCOAT-BRIGADE KEIN WORT MEHR MIT MIR.
JOHN! JOHN CONSTANTINE!
JOHN, WIE SCHÖN, DICH ZU SEHEN! WAS FÜHRT DICH NACH SAN FRANCISCO?
HM. HALLO, ZATANNA.
KOMM REIN. ES IST JETZT... ZWEI JAHRE HER! WER IST DEIN FREUND?

ICH BIN TIM. TIMOTHY HUNTER. ICH HAB SIE IM FERNSEHEN GESEHEN.
HAT MAN DIE SHOW AUCH IN ENGLAND GEZEIGT? IST JA TOLL! UND WAS MACHST DU MIT MEINEM WEISSEN RITTER HIER AN DER WESTKÜSTE?
TIM HAT DAS POTENTIAL, DER GRÖSSTE MAGIER DER MODERNEN WELT ZU WERDEN. DAHER HABEN ICH, DOC OCCULT, DER STRANGER UND DER ARSCH AUS BOSTON...
WER?
ER NENNT SICH MISTER E.
ACH JA.
NA JA, WIR HABEN UNS ZUSAMMENGETAN UND WOLLEN IHM WAS ZEIGEN. ER SOLL GENUG ÜBER DIE WELT DER MAGIE ERFAHREN, UM ZU ENTSCHEIDEN, OB ER DAS VOM LEBEN ERWARTET ODER NICHT.
KLINGT GUT.
NUR... MAN VERSUCHT, IHN ZU TÖTEN.
WIR MÜSSEN ALSO IRGENDWO UNTERTAUCHEN, BIS ALLES VORBEI IST.
BARON WINTER HAT UNS SCHON RAUSGEWORFEN...
IHR BLEIBT NATÜRLICH HIER! ICH FREUE MICH, EUCH AUFZUNEHMEN! TIM KANN IM GÄSTEZIMMER SCHLAFEN...
ACH JA... JOHN, AUF DEM TISCH DA DRÜBEN LIEGT EIN BRIEF FÜR DICH.
EIN BRIEF?
JA. ER LAG DA, ALS ICH HEUTE MORGEN HERUNTERKAM. KOMISCH, WAS?
EINE SCHÖNE EULE, TIM. HAST DU SIE GEMACHT?
NEIN. DOCTOR OCCULT.
ES WAR GROSSE KLASSE, ALS SIE AUS JONATHAN ROSS' OHREN BLUMEN WACHSEN LIESSEN.
SCHEISSE. MIST. VERDAMMT. DRECK.
PASST DU AUF TIM AUF, BIS ICH WIEDER DA BIN, SCHATZ?
ZUM TEUFEL.
EHRLICH! MAN KANN SIE KEINE FÜNF MINUTEN ALLEIN LASSEN...
JOHN? W-WOHIN GEHST DU?
INDIEN. KALKUTTA WAHRSCHEINLICH. BIS BALD!
INDIEN? JOHN CONSTANTINE, DU VERDAMMTER... ACH, WAS SOLL'S?

NEIN. DU BIST ZWÖLF, UND MAN WILL DICH TÖTEN. WANN HAST DU ZUM LETZTENMAL GEGESSEN?
ES TUT MIR LEID. ICH KANN AUCH GEHEN.
ICH WEISS NICHT... WENN MAN MIT IHM REIST, VERGEHT DIE ZEIT WIRKLICH KOMISCH, MEINEN SIE NICHT AUCH?
JA. UND DU HAST SEITDEM AUCH NOCH NICHT GEDUSCHT, ODER?
DAS BADEZIMMER IST IM ERSTEN STOCK LINKS. WENN DU HERUNTERKOMMST, HABE ICH DAS FRÜHSTÜCK FERTIG.
DU KANNST DIE EULE HIERLASSEN.
ICH HABE SAUBERE WÄSCHE VOR DIE TÜR GELEGT.
DANKE!
ÄH... EINE DUMME FRAGE, ABER WIESO HABEN SIE ZEUG IN MEINER GRÖSSE?
MAGIE.
OH.
HIER IST DAS FRÜHSTÜCK. VEGETARISCH, ABER ES WIRD DIR SCHMECKEN. JO-JO SCHLÄFT AUF DEM DACHBODEN.
WIESO KENNEN SIE IHREN NAMEN?
MAGIE.
OH.
DAS IST ABSOLUT UNGLAUBLICH. KÖNNTE MEIN DAD DOCH NUR SO KOCHEN!
HABEN SIE DAS AUCH MIT MAGIE GEMACHT?
NEIN.
SAG MAL... WILLST DU JEMANDEN ANRUFEN?
ICH WEISS NICHT. VIELLEICHT MEINEN DAD. JOHN MEINTE, SIE HÄTTEN SICH DARUM GEKÜMMERT, ABER ICH SOLLTE IHM SAGEN, DASS ALLES IN ORDNUNG IST.

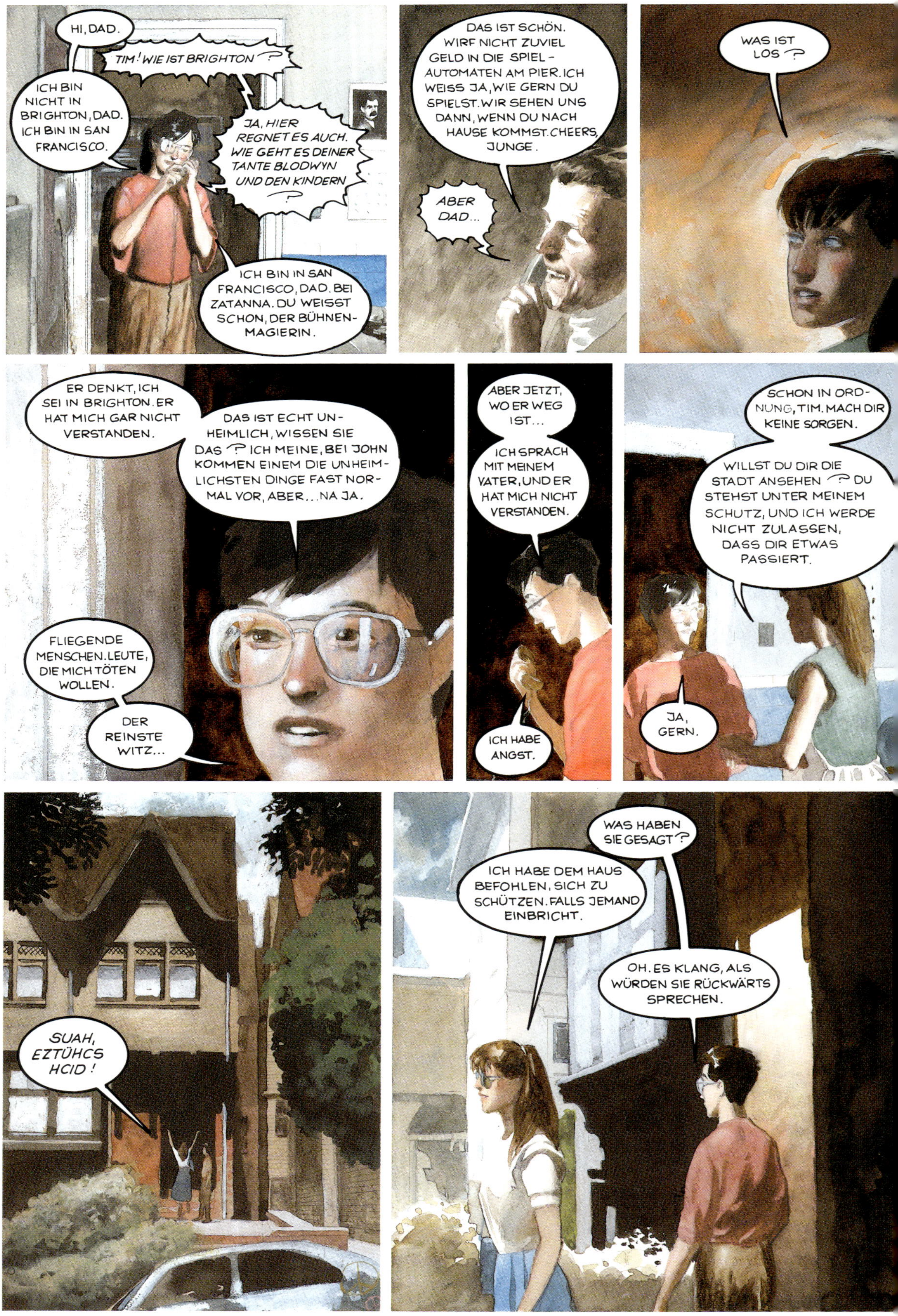
HI, DAD.
TIM! WIE IST BRIGHTON?
ICH BIN NICHT IN BRIGHTON, DAD. ICH BIN IN SAN FRANCISCO.
JA, HIER REGNET ES AUCH. WIE GEHT ES DEINER TANTE BLODWYN UND DEN KINDERN?
ICH BIN IN SAN FRANCISCO, DAD. BEI ZATANNA. DU WEISST SCHON, DER BÜHNENMAGIERIN.
DAS IST SCHÖN. WIRF NICHT ZUVIEL GELD IN DIE SPIELAUTOMATEN AM PIER. ICH WEISS JA, WIE GERN DU SPIELST. WIR SEHEN UNS DANN, WENN DU NACH HAUSE KOMMST. CHEERS, JUNGE.
ABER DAD...
WAS IST LOS?
ER DENKT, ICH SEI IN BRIGHTON. ER HAT MICH GAR NICHT VERSTANDEN.
DAS IST ECHT UNHEIMLICH, WISSEN SIE DAS? ICH MEINE, BEI JOHN KOMMEN EINEM DIE UNHEIMLICHSTEN DINGE FAST NORMAL VOR, ABER...NA JA.
FLIEGENDE MENSCHEN. LEUTE, DIE MICH TÖTEN WOLLEN.
DER REINSTE WITZ...
ABER JETZT, WO ER WEG IST...
ICH SPRACH MIT MEINEM VATER, UND ER HAT MICH NICHT VERSTANDEN.
ICH HABE ANGST.
SCHON IN ORDNUNG, TIM. MACH DIR KEINE SORGEN.
WILLST DU DIR DIE STADT ANSEHEN? DU STEHST UNTER MEINEM SCHUTZ, UND ICH WERDE NICHT ZULASSEN, DASS DIR ETWAS PASSIERT.
JA, GERN.
SUAH, EZTÜHCS HCID!
WAS HABEN SIE GESAGT?
ICH HABE DEM HAUS BEFOHLEN, SICH ZU SCHÜTZEN, FALLS JEMAND EINBRICHT.
OH. ES KLANG, ALS WÜRDEN SIE RÜCKWÄRTS SPRECHEN.

GENAU. SO ÜBE *ICH* DIE KUNST AUS. INDEM ICH RÜCKWÄRTS SPRECHE.
ES IST EHER EINE KONZENTRATIONSHILFE. MEIN VATER HAT ES AUCH SO GEMACHT, UND ICH HABE ES WOHL VON IHM ÜBERNOMMEN.
ÄH... ICH WEISS, DIE FRAGE IST UNHÖFLICH. ES GEHT MICH AUCH NICHTS AN. ABER... SIE UND JOHN CONSTANTINE... SIND SIE... ÄH...
SCHON LANGE NICHT MEHR. SEHR LANGE.
ICH GLAUBE, ER IST NICHT DER RICHTIGE MANN FÜR EINE FESTE BEZIEHUNG. WENN DU WEISST, WAS ICH MEINE.
JA. ER KAM MIR AUCH NICHT SEHR... ÄH... *BESTÄNDIG* VOR.
WARTE HIER. ICH MUSS AUF DIE TOILETTE.
STREICH ODER KEKSE?
KEKSE, BITTE.
PSST. ICH BIN'S, JUNGCHEN. *BOSTON BRAND.*
OH. HI.
'N STEILER ZAHN, WAS?
KOMMT DER BEGRIFF „UNVERSTÄNDLICH" IN IHREM WORTSCHATZ VOR?
DIESE ZATANNA. WAS FÜR 'NE SCHNECKE! FLEISCHLICHE VERGNÜGEN, WIE ICH EUCH VERMISSE!
SIE GEHEN MIR LANGSAM WIRKLICH AUF DIE NERVEN, MR. BRAND. WENN ICH DAS SO SAGEN DARF.
UND DAS, OBWOHL ICH DIR SCHON ZWEIMAL DAS LEBEN GERETTET HABE, JUNGCHEN?
DU SOLLTEST GOTT DANKEN, DASS *SIE* MICH HIERBLEIBEN LIESS, NACHDEM ICH ABGEMURKST WURDE. NA JA, JEDENFALLS IST DIE KACKE AM DAMPFEN.

ZAUBERSPRÜCHE, OPFER, TOTE ÜBERALL. (OBWOHL DAS EIGENTLICH NICHTS NEUES IST.)
UND DEIN FREUND CONSTANTINE STECKT MITTEN DRIN.
ICH DACHTE, ER SEI NACH INDIEN UNTERWEGS.
DA GEHT ES JA RUND, JUNGCHEN. UND DU BIST DER ERSTE PREIS ...
HALLO!
OH...WAF'N LOF? ÄH...FTREICH ODER KEKFE?
ICH HABE LEIDER KEINE SÜSSIGKEITEN DABEI...OH! WAS IST DENN DA IN DEINEM OHR?
MANN!
MAGIE?
ICH BIN AUCH BÜHNENMAGIERIN. DIESMAL WAR'S EIN EINFACHER TRICK.
TRICK OR TREAT!!! ARNOLD'S
ICH...SAH IHREN VATER, ALS MICH DER KERL MIT DEM SCHWARZEN HUT DURCH DIE VERGANGENHEIT FÜHRTE.
ER SCHIEN KEIN GLÜCKLICHES LEBEN GEHABT ZU HABEN.
NEIN. WOHL KAUM.
GEHEN WIR ZURÜCK.

WOHIN GEHEN WIR?
ZU EINER HALLOWE'EN-PARTY.
IRRE! WO?
HM, DA JOHN DICH EINIGEN DER BEKANNTESTEN MAGIER IM LANDE VORSTELLEN MÖCHTE, DACHTE ICH, ICH ZEIGE DIR NOCH EIN PAAR MEHR VON IHNEN . . .
BZZZT
OH, DAS TAXI. ICH BIN SOFORT FERTIG.
DAS TAXI IST DA, SIR.
AUGENBLICK . . . DIE LADY KOMMT SOFORT.
TAA-DAA!
WIE SEHE ICH AUS?
NUN, TIM, WAS MEINST DU?
IST ES IHNEN NICHT PEINLICH, SO RUMZULAUFEN?
NEIN. DAS WAR MAL MEINE BERUFSKLEIDUNG. ES MACHT SPASS, SIE DANN UND WANN NOCH MAL ANZUZIEHEN. AUSSERDEM HABEN WIR HALLOWE'EN. UND JETZT KOMM.
WIR KRIEGEN AUCH OHNE DIESEN UNZUVERLÄSSIGEN CONSTANTINE UNSEREN SPASS, WAS?
WIR FAHREN ZU EINER BAR NAMENS BEWITCHED. ECKE HAIGHT UND GILLMORE. KENNEN SIE SIE?
JA. HATTE ABER NOCH NIE 'NE FUHRE DAHIN. HE . . .
. . . KOMMT DER VOGEL MIT?
KLAR. WIR HABEN HALLOWE'EN.
KEIN PROBLEM. SCHÖNE HALLOWE'EN.

IN ENGLAND GIBT'S KEIN HALLOWE'EN. NICHT WIE HIER JEDENFALLS. DAS NENNE *ICH* MAGIE. GEISTER UND GHOULS UND HEXEN UND WERWÖLFE AUF DEN STRASSEN...
WIE CONSTANTINE SAGTE... WENN MAN ES SICH VORSTELLEN KANN, GIBT ES ALLES.
WIR HABEN *GESCHICHTE*, IHR ABER *GEOGRAPHIE*.
TUT MIR LEID, JUNGE... DU DARFST NICHT REIN. UND NIMM DEIN STOFFTIER WIEDER MIT.
JO-JO IST ECHT.
SEHR LUSTIG. MUSST DU NICHT SCHON IM BETT SEIN, KLEINER?
ER GEHÖRT ZU MIR. UND DIE *EULE* AUCH.
OH, MISS *ZATANNA*! WELCH ANGENEHME ÜBERRASCHUNG! BITTE SEHR. TUT MIR LEID, JUNGE. HÄTTE ICH GEWUSST, DASS DU DIE ZAUBERIN BEGLEITEST...
JA.
ICH WAR SEIT *JAHREN* NICHT MEHR HIER. DA FÜHLT MAN SICH WIEDER JUNG.
SIE SIND NICHT ALT.
DANKE, JUNGER MANN. DAFÜR VERDIENST DU EINEN DRINK.
MÖCHTEN SIE BESTELLEN?
HALLO, TALA.
ZATANNA! NIEMAND HAT MIR GESAGT, DASS DU KOMMST!
DAS IST MEIN FREUND TIMOTHY. TALA, TIMOTHY.
TALA IST EINE *KÖNIGIN DES BÖSEN*. SIE IST EINE ALTE BEKANNTE DEINES FREUNDES MIT DEM SCHWARZEN HUT.
'N ABEND, TALA.
HALLO, TIM. ÄH... WIR HABEN JETZT VIEL ZU TUN, ABER WIR WERDEN UNS SPÄTER NOCH UNTERHALTEN. WAS WOLLT IHR TRINKEN?
EISWASSER. UND DU, TIM?
KRIEGE ICH EINEN SOUTHERN COMFORT?
NUR, WENN DU ÜBER ACHTZEHN BIST UND MIR DEINEN AUSWEIS ZEIGST. GINGER ALE?
NA SCHÖN.
WIESO ARBEITET SIE HIER, WENN SIE *BÖSE* IST?
NUR AUSHILFSWEISE, WENN DU VERSTEHST, WAS ICH MEINE. DIE MEISTEN LEUTE HIER HABEN ÄHNLICHE POSITIONEN.
KOMM.

TANNARAK...DAS IST TIM HUNTER.
TANNARAK WILL EWIG LEBEN. ER IST AUCH EINER DER BÖSEN. EIN SCHWARZER MAGIER. IHM GEHÖRT DER CLUB.
CHARMANT WIE IMMER, ZATANNA. SCHÖN, DICH KENNENZULERNEN, JUNGER MANN. HAST DU EINEN WUNSCH? MÖCHTEST DU ETWAS WISSEN?
ÄH...SIND SIE WIRKLICH EIN SCHWARZER MAGIER?
BESTIMMT NICHT.
ES GIBT KEINE SCHWARZE MAGIE. DAS IST EIN SEMANTISCHER FEHLER.
SCHWARZE MAGIE HIESSE ÜBERSETZT NEGROMANTIE. UND NEGROMANTIE IST NUR EINE VERFÄLSCHUNG VON „NEKROMANTIE"... TOTENMAGIE. ES HEISST NICHT...
...SCHWARZE GEGEN WEISSE MAGIE, SONDERN LEBENDE GEGEN TOTE MAGIE. UND SELBST DAS IST EIN SIMPLIFIZIERENDER DUALISMUS...
SELBST SCHWARZE MAGIE IST KEIN SATANISMUS...WENNGLEICH ICH DEM PFERDEFUSS SCHON BEGEGNET BIN. MAGIE HAT MIT MACHT ZU TUN. MIT IHR SIEHT MAN DURCH DIE SCHATTEN DIE WAHRE WELT DARUNTER.
ICH VERSTEHE. GLAUBE ICH. UND TANNARAK IST NICHT IHR ECHTER NAME, ODER?
NAMEN HABEN MACHT, KIND. DU LERNST SCHNELL. ABER SIEH DICH DOCH UM.
ÄH...DIE LEUTE HIER... KEINER VON IHNEN TRÄGT EINE MASKE, ODER?
NEIN.
DAS HIER IST EINE GANZ ANDERE WELT, DIE NEBEN DER ALTEN LIEGT, ODER?
JA. UND MAN KANN SIE NIE MEHR VERLASSEN.
NIE?
DU SCHON, TIM. DU BIST HIER NUR ZU GAST.

SIE NENNEN SICH EINEN ZAUBERER? SIE KÖNNTEN EINEN FROSCH NICHT IN... ÄH... EINEN ANDEREN FROSCH VERWANDELN.
ABER SIE KÖNNEN DAS, WIZARD?
ICH HABE MEHR MAGIE IN MEINEM BAUCHNABEL ALS SIE IN IHREM GANZEN KÖRPER!
GEHEN WIR NACH DRAUSSEN, FAUST, UND REGELN DAS, WIE ES SICH GEHÖRT.
ÄH... NEIN. ICH MUSS IHNEN NICHTS BEWEISEN.
ER NENNT SICH FELIX FAUST. UNHEIMLICHER BURSCHE. BEHAUPTET, TAUSENDE VON JAHREN ALT ZU SEIN, ABER ER LÜGT STÄNDIG UND SCHNEIDET AUF.
DER ANDERE NENNT SICH WIZARD. ER WAR WOHL VOR JAHREN WIDERSACHER NUMMER EINS MEINES VATERS.
EINER DER BÖSEN.
MANCHMAL STELLE ICH MIR VOR, SEIN LEBEN WÄRE VOM BÖSEN VERDORBEN WORDEN... DASS MEIN VATER EIN GLÜCKLICHES LEBEN GEFÜHRT HÄTTE UND ER NICHT.
SCHWARZE MAGIE GEGEN WEISSE UND SO.
UND?
ICH WEISS NICHT, TIMOTHY...
HE, JUNGCHEN. HAU SCHNELL AB.
WAS?
ICH BIN'S... BOSTON BRAND.
IRGENDWIE ÜBERRASCHT MICH DAS NICHT.
WAS ICH DIR VORHIN GESAGT HABE... DU WÜRDEST ES NICHT GLAUBEN. DER KULT DER KALI, DREI NINJA-TODESSCHWADRONE, DIE BRUDERSCHAFT DER KALTEN FLAMME, TAUSEND ELEFANTEN...
DER STRANGER, DOC OCCULT, CONSTANTINE, DER IRRE... SIE ALLE. EINE GEWALTIGE OKKULTE SCHLACHT. BLUT. VERWÜSTUNG. IRRE SACHE, DIE DU NICHT GLAUBEN WÜRDEST.
WAS?
ICH GLAUBE, ES IST ALLES VORBEI. ABER ICH HAB GERADE GEHÖRT...
RAUS AUS MEINEM KOPF!
ICH GLAUB'S NICHT...

GEH! ICH SCHWÖRE DIR AB! NEASFYSHUE ORPGS N CASRPOI NU R'MELN, DMYLTCRIOS RE IHODSAYUR UN H'TGAH...
AHH!
PADPUIG TOGASSO HRYFOTLO SRVLIG AEI OKHIYAD SIVY.
BLÖDER SPUK!
DAMEN, HERREN, ANDERE WESENHEITEN, ICH BITTE UM GEHÖR.
WIR HABEN HEUTE EINEN GANZ BESONDEREN JUNGEN GAST UNTER UNS.
EINIGE HABEN VIELLEICHT VON IHM GEHÖRT. ANDERE WISSEN SICHER VON DEN DERZEITIGEN SCHWIERIG-KEITEN IN KALKUTTA.
SCHEISSE. TUT MIR LEID, TIM... ICH HÄTTE DICH NICHT HERBRINGEN DÜRFEN.
ES IST EIN PREIS AUF SEINEN KOPF AUSGESETZT... DER NICHT UNBEDINGT MIT DEM KÖRPER VERBUNDEN SEIN MUSS.
DER JUNGE STEHT UNTER MEINEM SCHUTZ. WER IHN HABEN WILL, MUSS SICH ERST MIT MIR BEFASSEN.
MEINE LIEBE ZATANNA... ALSO BITTE! DU BIST ALLEIN, UND WIR SIND ZU HUNDERTEN!
DAS KIND IST TOT.

GJEH CHAUS DEM WEEEG, ZHACHANNA...
ICH BIN DIE HERRIN ALLER SPIEGEL, WEIB. GIB MIR DEN JUNGEN, ODER EINES NACHTS WIRD SICH DEIN SPIEGELBILD AUS DEM RAHMEN SCHLEICHEN UND DIR DIE KEHLE DURCHSCHNEIDEN.
KOMM HER, KLEINER. KOMM ZU HYAZINTH UND LEANDER. GUTER JUNGE. KLEINER JUNGE. KOMM HER.

CONSTANTINE.
NIEMAND RÜHRT DEN JUNGEN AN.

GENAU.
DER JUNGE GEHÖRT *MIR*. UND IN DREISSIG SEKUNDEN GEHEN ICH UND ER UND DIE HEXE HIER HERAUS.
IHR WISST, WER ICH BIN. ODER SOLLTET ES WISSEN.
IHR KENNT MEINE REPUTATION. ALSO...
...WILL HIER JEMAND ETWAS MIT MIR ANFANGEN?
NA ALSO. KOMMT, IHR BEIDEN. WIR GEHEN.
ICH *HÄTTE* SIE AUFHALTEN KÖNNEN.
JA. WAHRSCHEINLICH.
JOHN, DU HAST *KEINE* NENNENSWERTE MACHT. SIE HÄTTEN DICH IN STÜCKE REISSEN KÖNNEN.
ABER SIE... HATTEN *ANGST* VOR DIR.
ICH BEGREIFE NICHT, WAS DA DRINNEN PASSIERT IST.
MAGIE.
NEIN, IM ERNST, JOHN...
EIN *GUTER* MAGIER VERRÄT *NIE* SEINE TRICKS, SCHATZ. DAS HAST *DU* MIR BEIGEBRACHT. ABER ES HALF, DASS SIE FISCHE SIND, DIE NICHT IM WASSER WAREN.
KANNST DU NICHT VERNÜNFTIG SPRECHEN?
DOCH. PROBLEMLOS. TIM AUCH. *DU* HAST DEN KOMISCHEN AKZENT.
WAS IST MIT DEINEM GESICHT PASSIERT?
DU WÜRDEST ES MIR NICHT GLAUBEN.
MISTER CONSTANTINE... MÜSSEN SIE AUS *ALLEM* EIN GEHEIMNIS MACHEN?
WER? ICH? EIN GEHEIMNIS? ICH BIN ZU DURCHSCHAUEN WIE GLAS...

TIM, ES WAR SCHÖN, DICH KENNENGELERNT ZU HABEN. RUF MICH AN, WENN DU WIEDER IN DER GEGEND BIST, JA?
KLAR. SIE WAREN *KLASSE*. DANKE FÜR ALLES.
GERN GESCHEHN. DU WARST EIN TOLLER GAST.
TJA, JOHN CONSTANTINE ... ICH WERDE DICH WOHL NIE VERSTEHEN. NICHT, WENN ICH TAUSEND JAHRE ALT WERDE.
NICHT? TUT MIR LEID. GIB MIR EINEN KUSS, UND ICH VERSCHWINDE FÜR EIN JAHR ODER SO AUS DEINEM LEBEN.
ACH JA ... HÄTT ICH FAST VERGESSEN. WIR HABEN KEINE TICKETS UND PÄSSE. KÖNNTEST DU ... ÄH ... DIE NASE RÜMPFEN ODER SO?
TROTTEL. *ESSÄP DNU STEKCIT, TNIEHCSRE.*
ALLES *PALETTI* ODER WIE, JUNGCHEN?
HALLO, MISTER BRAND. SIE SIND ES DOCH, ODER? SIE REDEN NOCH IMMER WIRRES ZEUG.
KEIN PROBLEM. ES HAT SPASS GEMACHT. WIR SEHEN UNS SICHER MAL WIEDER.
VERZEIHUNG ... ICH WAR WOHL KURZ WEG. *KOPFHÖRER*?
NEIN, DANKE.

ALSO... WAS HAST DU GELERNT?
GELERNT?
JA. KOMM SCHON. ICH HABE DICH UM DIE HALBE WELT GESCHLEPPT. DU WURDEST VON EINIGEN DER MÄCHTIGSTEN PRAKTIKERN DER KUNST BELEHRT, BELEIDIGT ODER BEDROHT.
WAS HAST DU GELERNT?
ICH WEISS NICHT. AUSSER ZATANNA HATTEN WOHL ALLE EINEN SPRUNG IN DER SCHÜSSEL.
JA. DAS IST EIN GUTER ANFANG.
UND SIE LEBEN NICHT IN DERSELBEN WELT WIE DIE MEISTEN MENSCHEN.
IHRE WELT IST EIN SCHATTEN DER UNSRIGEN. DUNKEL UND VERZERRT, ABER MIT IHR VERBUNDEN.
ERGIBT DAS SINN?
MEHR, ALS DU AHNST.
DR. OCCULT WARTET AUF DICH, WENN WIR IN GATWICK LANDEN. ER WIRD AUF DER NÄCHSTEN ETAPPE DEIN FÜHRER SEIN.
OH. WOHIN WIRD ER MICH BRINGEN? IN DIE MANDSCHUREI? NACH TIBET? INS WELTALL?
INS ELFENLAND.
INS ELFENLAND?
10·31·90

DAS BUCH DER MAGIE

Drittes Kapitel

DAS LAND DES SOMMERZWIELICHTS

Text: Neil Gaiman
Zeichnung: Charles Vess

...SIND SIE EIN ECHTER DOKTOR?
EIN ECHTER DOKTOR IN WAS?
NA JA ...
NICHT DER MEDIZIN, WENN DU DAS MEINST, KIND, OBWOHL ICH NOTFALLS EINEN KNOCHEN RICHTEN ODER EINEN BLUTFLUSS STILLEN KANN.
„DR. OCCULT" IST EIN KOMISCHER NAME.
NAME?
DANN EINE BEZEICHNUNG ...
WIR MÜSSEN HIER WARTEN, TIMOTHY.
WORAUF?
DASS DIE SONNE UNTERGEHT. WIR BRAUCHEN ZWIELICHT.

VERRATEN SIE MIR ETWAS?
VIELLEICHT.
SIE VIER. WER SIND SIE? ICH MEINE, CONSTANTINE IST NUR EIN MENSCH, ODER...?
JOHN CONSTANTINE...
JA. ER TANZT AUF DEM RAND DES WISSENS. WIE EIN VERRÜCKTER BALANCIERT ER ZWISCHEN HIMMEL UND HÖLLE, WEIL ER JOHN CONSTANTINE IST; UND WEIL ER LEBT.
UND MISTER E? IST ER WIRKLICH BLIND?
O JA. ER... IST EIN EXTREMIST. ER KÄMPFT GEGEN DAS, WAS ER ALS KRÄFTE DER DUNKELHEIT ANSIEHT, DOCH MANCHMAL GLAUBE ICH, DASS ER NUR DUNKELHEIT SEHEN KANN.
DOCH ER KANN REISEN, WO NICHT EINMAL ICH ES KANN.
UND DER ANDERE? ER IST UNHEIMLICH...
DER STRANGER? AH. ICH BIN IHM SCHON OFT BEGEGNET. ER GEHT AUCH SEINEN EIGENEN WEG. EINEN, DER VOR ZU LANGER ZEIT BEGANN UND WOHL NIE ENDEN WIRD.
ICH KENNE SEINE GESCHICHTE NICHT. WOHL NIEMAND KENNT SIE, WENNGLEICH ICH VIELE MUTMASSUNGEN GEHÖRT HABE... DASS ER DER WANDERNDE JUDE IST, ODER EIN ENGEL, DER WEDER MIT LUZIFER FIEL NOCH MIT MICHAEL KÄMPFTE, ODER ...
ES GIBT ANDERE VERMUTUNGEN.
EINIGE SAGEN, DASS ER DER ORDNUNG DIENT, ODER DEM CHAOS, ODER DEM GLEICHGEWICHT... ALLES SPEKULATIONEN. VIELLEICHT IST ER SCHON SO LANGE AUF SEINEM WEG, DASS ER SICH SELBST NICHT MEHR ERINNERT.
UND WAS IST MIT IHNEN?

ICH BIN DEIN FÜHRER AUF DIESER ETAPPE DER REISE, TIMOTHY HUNTER, UND DU KANNST MIR VERTRAUEN.
LEERE DEINE TASCHEN.
LASS DIE SCHLÜSSEL UND MÜNZEN HIER... BINDE SIE IN DEIN TASCHENTUCH. KALTES EISEN WIRD AN UNSEREM ZIEL NICHT WILLKOMMEN SEIN. DEN REST KANNST DU BEHALTEN.
NUN HÖR MIR GENAU ZU UND VERGISS MEINE WORTE NICHT. ERSTENS... AUF UNSERER REISE...
...MUSST DU MEINEN ANWEISUNGEN GENAU UND STETS FOLGEN, GANZ GLEICH, WIE SELTSAM ODER GERINGFÜGIG SIE DIR VORKOMMEN.
ZWEITENS, RICHTE AN ANDERE PERSONEN KEINE FRAGEN ODER BITTEN. AKZEPTIERE KEINE GESCHENKE ODER GEFALLEN, AUSSER ICH ERLAUBE ES DIR.
DRITTENS, ERINNERE DICH AN DEINE MANIEREN. DORT, WOHIN WIR GEHEN, LEGT MAN GROSSEN WERT AUF ETIKETTE.
FÜR EINE EINFACHE UNHÖFLICHKEIT KÖNNTEST DU DICH PLÖTZLICH MIT ESELSOHREN ODER SCHLIMMEREM VORFINDEN.
UND WEICHE NIEMALS VOM WEG AB. GANZ GLEICH, WAS DU SIEHST, HÖRST ODER FÜHLST!
HAST DU VERSTANDEN?
ICH GLAUBE SCHON.
GUT.
DANN KÖNNEN WIR UNSERE REISE ANTRETEN.
WARTE HIER. ICH GEHE ZU DIESEM KLEINEN TOR. WENN ICH DIR ZUWINKE, NIMMST DU DENSELBEN WEG WIE ICH. WENN DU DEN BACH VOR DEM TOR ÜBERQUERST, DÜRFEN DEINE FÜSSE NICHT NASS WERDEN. KLAR?
JA.

JO-JO? WARUM TUN WIR DAS? ICH MEINE, JEDER, DER NOCH EINIGERMASSEN BEI VERSTAND IST, HÄTTE IHNEN GANZ AM ANFANG GESAGT, DASS SIE SICH VERPISSEN SOLLEN.
NA JA. ZU SPÄT.
AUF GEHT'S!
HIER BIN ICH. ÄH... DOKTOR?
JA?
CONSTANTINE HAT GESAGT, WIR GINGEN INS ELFENLAND. DAS WAR DOCH EIN WITZ, ODER?
OB DU SIE NUN ELFENLANDE NENNST, JUNGE, ODER AVALON, DOMDANIEL MÄRCHENLAND ODER FEENLAND... ES SPIELT KEINE ROLLE. WIR REISEN INS LAND DES SOMMERZWIELICHTS.
OH. UND WANN KOMMEN WIR DORT AN?
DREH DICH UM, KIND.

WIR HABEN DEINE WELT BEREITS VERLASSEN.
DIESES HOLZTOR EXISTIERT IN BEIDEN WELTEN... HIER UND DORT.
VIELE ORTE GIBT ES AUF MEHR ALS NUR EINER EBENE. WER DEN WEG KENNT, KANN SIE ERREICHEN.
ÄH... AH, JA. SCHÖN.
UND NUN?
DURCH DAS TOR. DIR WERDEN VIELLEICHT EINIGE VERÄNDERUNGEN AUFFALLEN.
WELCHE DENN?
WARTE AB.

OH.
NEIN. OBWOHL WIR GEMEINSAME ZIELE HABEN, BIN ICH NICHT MEHR *DOCTOR OCCULT*. ER IST ER, UND ICH BIN ICH. ABER ICH BIN NOCH DEINE FÜHRERIN.
HM. IRRE. SEHEN SIE IN WIRKLICHKEIT *SO* AUS?
ICH VERSTEHE NICHT...
MANN UND *FRAU*. *ANIMUS* UND *ANIMA*.
DAS SIND DINGE, DIE WIR IN UNS TRAGEN. *HIER* BIN ICH WEIBLICH. DAS... *VEREINFACHT* MANCHES.
WIE HEISSEN... ICH MEINE, WIE WERDEN SIE GENANNT?
SUCH EINEN NAMEN FÜR MICH.
EINEN NAMEN?
JA.
SUCHEN?
DAS IST EIN *TEST*.
WIE WÄR'S MIT *RUMPELSTILZCHEN*?
ICH NENNE SIE *ROSE*.
SEHR GUT, TIM. UND SCHNELL. DER STRANGER HAT RECHT... DU HAST EIN GROSSES POTENTIAL.
UND WAS MACHEN WIR JETZT?

WIR GEHEN ZUM MARKT.

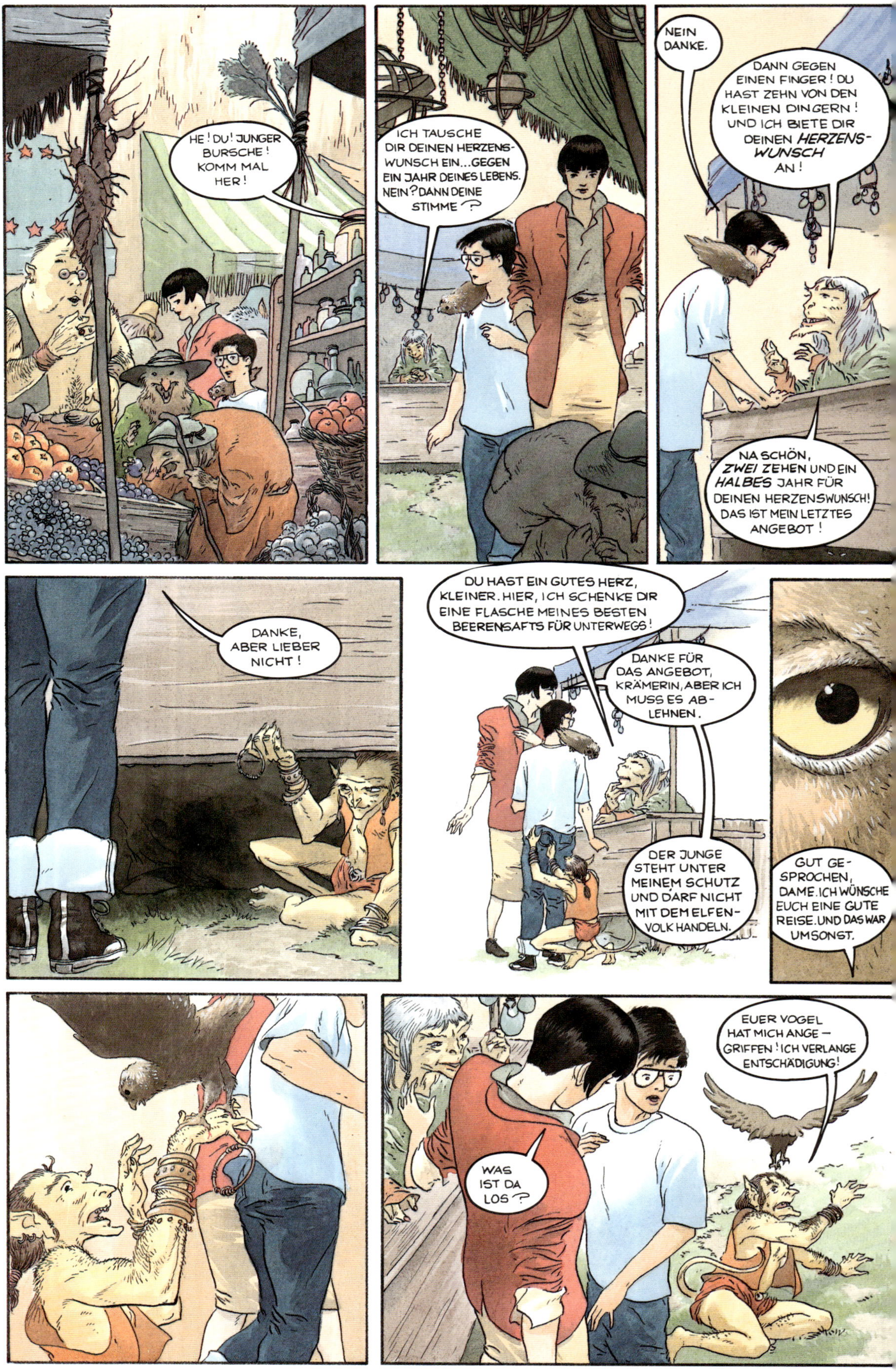
HE! DU! JUNGER BURSCHE! KOMM MAL HER!
ICH TAUSCHE DIR DEINEN HERZENSWUNSCH EIN... GEGEN EIN JAHR DEINES LEBENS. NEIN? DANN DEINE STIMME?
NEIN DANKE.
DANN GEGEN EINEN FINGER! DU HAST ZEHN VON DEN KLEINEN DINGERN! UND ICH BIETE DIR DEINEN HERZENSWUNSCH AN!
NA SCHÖN, ZWEI ZEHEN UND EIN HALBES JAHR FÜR DEINEN HERZENSWUNSCH! DAS IST MEIN LETZTES ANGEBOT!
DANKE, ABER LIEBER NICHT!
DU HAST EIN GUTES HERZ, KLEINER. HIER, ICH SCHENKE DIR EINE FLASCHE MEINES BESTEN BEERENSAFTS FÜR UNTERWEGS!
DANKE FÜR DAS ANGEBOT, KRÄMERIN, ABER ICH MUSS ES ABLEHNEN.
DER JUNGE STEHT UNTER MEINEM SCHUTZ UND DARF NICHT MIT DEM ELFENVOLK HANDELN.
GUT GESPROCHEN, DAME. ICH WÜNSCHE EUCH EINE GUTE REISE. UND DAS WAR UMSONST.
EUER VOGEL HAT MICH ANGEGRIFFEN! ICH VERLANGE ENTSCHÄDIGUNG!
WAS IST DA LOS?

STIMMT DAS, JO-JO?
HUUU.
SIE SAGT, DU WOLLTEST DIESEN ARMREIF IN TIMOTHYS TASCHE STECKEN, UND SIE HABE DICH DARAN GEHINDERT!
UNSINN! ICH HABE NICHTS DERGLEICHEN GETAN! ABER ICH WILL DIE SACHE AUF SICH BERUHEN LASSEN UND AUF ENTSCHÄDIGUNG VERZICHTEN.
DU VIELLEICHT. ICH N CHT. WO IST DER WÄRTER DIESES MARKTES?
ACH, DER ALTE GLORY HASST ES, MIT MARKTANGELEGENHEITEN BELÄSTIGT ZU WERDEN ...
ICH BIN ZUSTÄNDIG FÜR MARKTANGELEGENHEITEN, SCHNAUZ. WIE AUCH FÜR DIE MARKTBESUCHER.
HM. DU HÄTTEST DEM KIND DEN REIF IN DIE TASCHE GESTECKT, GEWARTET, BIS ES DEN MARKT VERLÄSST, UND DANN GERUFEN: „HALTET DEN DIEB!"
UND DANN HÄTTE DER JUNGE DIR ALS GESCHÄDIGTEM SIEBZIG JAHRE LANG DIENEN MÜSSEN, UND SEINE GEFÄHRTEN HÄTTEN WIEDERGUTMACHUNG LEISTEN MÜSSEN ...

ÄH... LORD GLORY...
SCHWEIG.
ANSCHEINEND SEID *IHR* DIE GESCHÄDIGTEN, UND ICH BEDAURE, DASS SCHNAUZ DAS ANSEHEN DES MARKTES BEFLECKT HAT.
IHR VERDIENT ENTSCHÄDIGUNG.
HMMM.
SCHNAUZ, FÜHRE UNS ZU DEINEM LADEN.
NUN DENN, SCHNAUZ: DER *JUNGE*, DIE *FRAU* UND DIE *EULE*. DU HÄTTEST ALLE DREI GESCHÄDIGT.
ALS MARKTWÄRTER VERKÜNDE ICH DAS URTEIL: JEDER DARF SICH KOSTENLOS UND OHNE VERPFLICHTUNG *EINEN* GEGENSTAND NEHMEN.

JA?
JA.
BITTE, LORD GLORY, ICH MÖCHTE DIESEN SPIEGEL.
NEHMT IHN.
NUN GUT, EULE. JETZT DU, STERBLICHES KIND.
DAS HIER!
DAS WELTLICHE EI! WER HÄTTE GEDACHT, DASS UNSER SCHNAUZ SO ETWAS UNTER WERTLOSEM TAND VERBORGEN HAT! DU HAST GUT GEWÄHLT, JUNGE. DAS GLÜCK ...ODER ETWAS ÄHNLICHES... IST AUF DEINER SEITE.
EIN WELTLICHES EI. WER HÄTTE DAS GEDACHT?
WENN ICH DIR EINES TAGES DEINEN MUND ZURÜCKGEBE, MÜSSEN WIR UNS DARÜBER UNTERHALTEN, SCHNAUZ.
WIR VERLASSEN DEN MARKT JETZT, LORD GLORY, WENN IHR ERLAUBT.
NATÜRLICH. LEBT WOHL. UND, KIND... BEHÜTE DAS EI.
JAWOHL. UND DANKE.
HU-UU.
ES IST KALT.
JA, LEIDER.
ICH HABE HUNGER. KÖNNEN WIR ETWAS ESSEN?
NEIN. DU DARFST IM ELFENLAND GAR NICHTS ESSEN, TIM. NICHT, WENN DU ZURÜCK WILLST... ODER ZUMINDEST IN DEINE ZEIT ZURÜCK.
EIN TAG IM ELFENLAND KÖNNEN IN DEINER WELT 100 JAHRE SEIN.

DANN HUNGERE ICH.
DU WIRST NOCH HUNGRIGER.
JETZT GIB AUF DEINE SCHRITTE ACHT, TIM.
WARUM?
DA IST EIN FLUSS...
NIMM MEINE HAND, TIM! LASS MEINE HAND NICHT LOS!
DAS...IST WIE EIN MEER AUS BLUT.
ES IST EIN MEER AUS BLUT.
WIR KOMMEN AUS DEM MEER. UNSER BLUT IST SALZ, UND SELTSAME GEZEITEN WIRKEN IN UNS ALLEN.
DER MOND BEHERRSCHT UNSER LEBEN, UND BLUT FLIESST MIT DEM MOND...

WENIGSTENS MÜSSEN WIR NICHT VIERZIG TAGE UND NÄCHTE HINDURCHWATEN...
EIN MEER AUS BLUT? WARUM?
WARUM? EINE SELTSAME FRAGE.
VIELLEICHT, WEIL ES EINE EBENE GIBT, AUF DER WIR AUF EINEM HÜGEL IN SUSSEX SITZEN UND EINE WELT IN UNS ERKUNDEN.
ODER WEIL ES EINE METAPHER FÜR DIE MACHT DER FRAU IST, FÜR FRUCHTBARKEIT UND RÄTSEL.
ODER WEIL ES KEINE METAPHER IST. WIR SIND IM ELFENLAND, UND DA PASSIERT SO ETWAS EBEN.
MIR KAM'S NICHT WIE EINE METASOWIESO VOR. ES WAR SCHRECKLICH.
IGITT! KÖNNEN SIE ES NICHT WEGZAUBERN?
NEIN.
ABER...
ES WIRD BALD TROCKNEN UND VERSCHWINDEN. HIER WÄHRT NICHTS EWIG.
TOLL. ECHT TOLL.
IN SAN FRANCISCO WOLLTE MAN MICH WENIGSTENS NUR UMBRINGEN.
WO SIND WIR?
ICH WEISS ES NICHT. DIESER WEG HAT MICH NOCH NIE HIERHER GEFÜHRT.
GEHEN WIR DOCH ANDERSWOHIN...
WIR MÜSSEN AUF DEM WEG BLEIBEN, TIM. SOBALD WIR IHN BETRETEN HABEN, MÜSSEN WIR IHN BIS ZUM ENDE BESCHREITEN, ODER WIR VERIRREN UNS.
UND ALLES IST VERLOREN.

UND WAS NUN? KLINGELN WIR?
DAS WIRD NICHT NÖTIG SEIN.
HALT, UND ERKLÄRT EUCH.
ÄH... ICH BIN TIM HUNTER. DAS IST JO-JO. EINE EULE.
EINIGE KENNEN MICH ALS DR. OCCULT.
WAS WOLLT IHR HIER?
WIR FOLGEN DEM WEG, WOHIN ER UNS FÜHRT.
DANN KEHRT UM.
DAS KÖNNEN WIR NICHT.
DANN SAGT MIR, WARUM ICH EUCH NICHT IN STÜCKE UND DIE STÜCKE IN NOCH KLEINERE HACKEN SOLL.
IST DAS EINE HERAUSFORDERUNG?
AYE.

EIN RÄTSEL?
NUN GUT. ABER NUR EINS. ICH FRAGE, UND IHR ANTWORTET.
WAS IST LOS? WAS GEHT HIER VOR?
SPÄTER.
ALSO STELL DEIN RÄTSEL.
WENN FEUER IN MIR BRENNT, BIN ICH NOCH KALT. WENN DEINE WAHRE LIEBE MICH BETRACHTET, SIEHST DU MICH NICHT.
ICH GEBE KEINEM MEHR, ALS MAN MIR GIBT. ICH BEKOMME ALLES, DOCH ICH KANN NICHTS BEHALTEN.
ÄH...
WÜRDEST DU DAS *WIEDERHOLEN*?
NEIN. LÖSE DAS RÄTSEL, UND TRITT EIN. LÖSE ES NICHT, UND STIRB.
EIN *SPIEGEL*?
TRETET EIN.

DAS WAR GLÜCK.
MAG SEIN.
SIE HABEN SICH ZURÜCKVERWANDELT.
JA.
OH, ARTHUR IST EIN RABE NUN, UND SCHLÄFT UNTER DEM BERG. UND CALIBURN LIEGT UNTER SPINNGEWEB HIER TIEF UNTER DEM BERG. DOCH IN BRITANNIENS DUNKELSTER STUND ERWACHT ER IN DEM FELSENGRUND UND SCHLÄGT DEN FEIND FÜR UNS TODWUND. DENN DARIN LIEGT SEIN WERK, SEIN WERK. DENN DARIN LIEGT SEIN WERK.
WAS AUF ERDEN WAR DAS?
JEMAND SINGT.
ICH BIN NICHT TAUB. ICH MEINE, DAS WEISS ICH AUCH. ABER...
NA JA, WER WÜRDE DENN HIER SCHON SINGEN?
OH, BARBAROSSA TRÄUMT VOM KRIEG UND SCHLÄFT UNTER DEM BERG. EIN KRIEGSHERR UND EROBERER, DER SCHLÄFT UNTER DEM BERG.
DOCH WENN SEIN BART SICH DREIMAL DREHT, AUF SEINEM SCHLACHTROSS DAS SCHWERT ER HEBT, UND UNTER SEINEN HEERSCHAREN DIE ERDE BEBT... IHM GILT DANN UNSER ALLER AUGENMERK, MIT VERMERK. IHM GILT DANN UNSER ALLER AUGENMERK.

SO LAUSCHET MEINEN LIEDERN VOLLTÖNIG VON KÖNIGEN UNTER DEM BERG. DENN JEDES LAND HAT SEINEN KÖNIG, DER SCHLÄFT UNTER DEM BERG. UND IN SEINES LANDES GRÖSSTER NOT ERHEBT ER SICH IM ABENDROT UND KRIEGT UND SIEGT UND HERRSCHT ALS PATRIOT. DOCH NUN, DA SCHLÄFT ER UNTER DEM BERG, DEM BERG, DENN SOLCHE LEGENDEN SIND MENSCHEN-WERK.
DER HERR SEI GEPRIESEN. PUBLIKUM. NUN JA... WAHRE STERBLICHE, ODER?
ES IST LANGE HER, DASS ICH HIER GESELLSCHAFT HATTE.
ES ÜBERRASCHT MICH, DASS MAUGYS EUCH PASSIEREN LIESS.
MAUGYS?
DER RIESE AN DER TÜR.
ER GAB MIR EIN RÄTSEL AUF, UND ICH HABE ES GELÖST.
HABEN SIE NICHT. SIE SIND NICHT MAL DRAUF GEKOMMEN. ER HAT ES NUR GEGLAUBT.
SO SAH ES VIELLEICHT AUS, ABER ...
HE, WENN SIE WIRKLICH GLAUBEN...
MEINE HERREN! SOLLTEN WIR UNS NICHT BEKANNT MACHEN? ICH WERDE THOMAS GENANNT.
TIMOTHY. TIM HUNTER.
MICH NENNT MAN...
ICH KENNE EUCH, MELCHIOR. WIR LERNTEN UNS ÜBER DER ERDE KENNEN. ERINNERT IHR EUCH NICHT?
NEIN.

DER WAHRE THOMAS, SO NANNTE MAN MICH. THOMAS DER REIMER. IHR KAMT NACH ERCELDOUN, ALS ICH ACHTZEHN WAR. DAS DORF WURDE VON WEISSEN KRÖTEN BELAGERT, DIE VON EINER DAME SANGEN, DIE EINEN WURM LIEBTE...
ES WAR EINE MAID BEI EUCH. ROSE WAR IHR NAME, UND ICH WÄLZTE MICH MIT IHR UNTER DEN STERNEN AUF EINEM BETT AUS ADLERFARN.
SECHSHUNDERT JAHRE SIND SEIT DEM VERGANGEN. DOCH WENN SIE NOCH LEBT, WIRD SIE SICH AN MICH ERINNERN.
WOHL KAUM.
NUN JA... ES IST LANGE HER.
DOCH DU BIST AUF DER SUCHE, JUNGER HERR. WAS WILLST DU WISSEN, MIT EINER EULE AUF DER SCHULTER UND EINEM EI IN DER TASCHE?
ÄH... NA JA. WO BIN ICH HIER, UND WER IST DAS?
IM GARTEN DER FREUDE, UND ER IST DER KÖNIG.
DER KÖNIG DIESES REICHES?
NEIN, JUNGE, EIN KÖNIG DEINER WELT. DER KÖNIG, DER UNTER DEM BERG SCHLÄFT...
GERÄT SEIN LAND IN HÖCHSTE NOT, WIRD ER AUFERSTEHEN UND ES BEFREIEN.

ICH SCHRIEB EINMAL EIN LIED, IN DEM ICH ALL SEINE NAMEN AUFZÄHLTE, DIE ICH KENNE...
OH, EINES KÖNIGS BETT, EIN PROKRUSTESBETT, UND AUCH SEINE WAFFEN SIND ALLZEIT BEREIT...
WIE ALT BIST DU, JUNGE?
ZWÖLF.
HM. VIELLEICHT IST DAS LIED ETWAS ZU SCHLÜPFRIG FÜR ZARTE OHREN.
ABER ER IST EIN WAHRER KÖNIG. UND ER SCHLÄFT, WIE ER AUCH HEISSEN MAG.
IST ER ETWA KÖNIG ARTHUR?
ARTHUR? JA, ER IST ARTHUR, UND BRIAN BORU, UND KNEZ LAZAR, UND KARL DER GROSSE UND ALLE ANDEREN...
KÖNIG ARTHUR...
ARTHUR SCHLÄFT IN AVALON. UND ER SCHLÄFT HIER, WIE SIE ALLE. UND ER SCHLÄFT WOHL AUCH IN DEINER WELT.
MANCHMAL SCHLÄFT ER IN EINEM WACHEN GEIST UND WARTET AUF DEN TAG, DA ER AUFERSTEHEN UND SEIN KÖNIGREICH BEFREIEN KANN.
VIELLEICHT SCHLÄFT ER IN DIR?
WAS?
ABER JA!
UND WARUM BIST DU HIER?
WEGEN DER DREIEINIGKEIT.
WENN EIN KÖNIG SCHLÄFT, MÜSSEN AUCH EIN ZAUBERER UND EIN MINNESÄNGER SCHLAFEN.
UND SO SCHLÄFT THOMAS VON ERCELDOUN, DER EINST BEI DER ELFENKÖNIGIN LAG, WIE EIN TOTER UNTER DEN HÜGELN VON EILDON.
NA JA, DU SIEHST ABER ZIEMLICH WACH AUS.
JA. ICH KANN NICHT SCHLAFEN...
...UND SO SITZE ICH HIER UND SINGE FÜR MICH UND DIE SPINNEN UND DIE DUNKELHEIT...

...DIE DUNKEL-
HEIT...
TIM...BLEIB BEI MIR. BLEIB AUF DEM WEG.
ICH KANN IHN NICHT MAL *SEHEN*. UND SIE?
NEIN.
WO SIND SIE?
HIER.
WO?

DOCTOR? WO SIND SIE? HALLO?
NA SO WAS! UND DABEI HAT ER UNS ERMAHNT, UNS NICHT ZU VERIRREN. NAJA...
WENIGSTENS SIND WIR NOCH AUF DEM WEG.
SOLLEN WIR HIER AUF IHN WARTEN? ODER WEITERGEHEN?
DU BIST MIR EINE HILFE! ACH WAS... ER WIRD UNS FINDEN. ODER SIE. WAS AUCH IMMER.
ICH HABE EINEN BÄRENHUNGER, JO-JO. ICH KÖNNTE EIN GANZES PFERD VERDRÜCKEN...
TIM! KOMM HER! SCHNELL!

DOCTOR? WIE KOMMEN SIE HIERHER?
DAS SPIELT KEINE ROLLE! SCHNELL!!
WAS IST DENN LOS?
WAS LOS IST? DU BIST VOM WEG ABGEWICHEN, HÄNSEL.
DAS IST LOS.
HI HI HI.

WAS HAT SICH BABA JAGA DENN NUN GEFANGEN ?
EINEN BRATEN?
EINEN EINTOPF?
BLUT-WURST ?
ZARTE KOTELETTS ?
O JA. ALLES ZUSAMMEN. SAFTIG UND FLEISCHIG UND BISSFEST UND SÜSS.
LASS MICH LIEBER GEHEN. DOCTOR OCCULT IST MEIN BE-SCHÜTZER. ER WIRD DICH FINDEN, UND DANN KRIEGST DU ÄRGER.
UNS FINDEN? DAS BEZWEIFLE ICH.
BABA JAGAS KLEINE HÜTTE LIEGT IM HERZEN DES WALDES, UND MAN FINDET SIE AN KEINEN ZWEI TAGEN AM SELBEN ORT...
NUN WANDERE LOS, MEIN HAUS.
„DU HAST FLEISCH AUF DEN RIPPEN. GUT."
„UND EIN HERZ ZUM KAUEN."
„UND AUGEN ZUM..."
„...AUS-SAUGEN."
„UND EINE ZUNGE ZUM KOCHEN."

WEISST DU, DU SOLLTEST MICH *WIRKLICH* GEHEN LASSEN.
ICH BIN BALD ZURÜCK, SAFTSTÜCK.
BABA JAGA BRAUCHT GEMÜSE, KRÄUTER UND ANMACHHOLZ.
OH, SO EIN FESTMAHL! DAS *FETT* WIRD MEIN KINN HINABTROPFEN, UND ICH WERDE MIT MEINEN EISERNEN ZÄHNEN DEINE KNOCHEN KNACKEN, UM DAS MARK ZU SAUGEN.
FENSTER! ÖFFNE DICH WEIT!
Diesmal bist du dran, Kumpel.
WAS?
Ja, du kommst in den Kochtopf.
Ich meine, ich und Meister Griesgram hier konnten davon ausgehen, mal dort zu landen.
Sozusagen, Meister Lampe, obwohl wir Igel zumeist in Ton gebacken werden, weil wir Stacheln haben.
Verzeihung, Meister Griesgram. Sie haben voll und ganz recht.
ÄH...

Oh, meine Manieren! Ich bin Meister Lampe, und er ist Meister Griesgram. Sie hat uns kurz vor dir gefangen.
TIM. TIMOTHY HUNTER.
Hunter? Ein Jäger, was? Für dich muß die Welt doch auf dem Kopf stehen! Zum Gackern! Der Jäger wird gejagt!
Ha ha ha.
Hi hi hi.
NEIN, DAS IST NUR EIN NAME.
Kein Thema für mich, solange du keine Hasen jagst, Junge.
Oder Igel. Ich kann Leute nicht ausstehen, die Igel jagen. Ich nehme das sehr persönlich.
JO-JO!
Eine Eule, Meister Griesgram!
Bemerkenswert! Genau das dachte ich auch, Meister Lampe. „Wenn das keine Eule ist", dachte ich.
STILL, IHR BEIDEN! BITTE!
JO-JO... KANNST DU DR. OCCULT EINE NACHRICHT BRINGEN? ODER ROSE? SAG IHR, WO ICH BIN, UND SIE SOLL SCHNELL KOMMEN!
HU-HUU.
„Deine Eule hat gesagt, falls ich übersetzen darf, sie wisse nicht, wie sie den fraglichen Herrn oder die Dame finden soll."
„Ja, genau, das hat sie gesagt."
HÖR ZU, JO-JO. DIE ALTE FRAU...
Sie ist keine alte Frau.
Sie ist die BABA JAGA.
Sie wäre über diesen Ausdruck gar nicht erfreut.
DIESE... BABA JAGA WILL MICH ESSEN. UNS ALLE. SIE HOLT GERADE KRÄUTER.
Wahrscheinlich Schnittlauch. Und Thymian. Und Butter für die Soße.
Ton und Glut, das gibt's für uns, und vielleicht etwas Salz.
Wir Igelchen haben's nicht damit. Wie meine Großmutter zu sagen pflegte... keine raffinierten Soßen über einen Igel.
SEI STILL! KANNST DU NICHT DIE FESSELN LÖSEN?
HU-HUU.
Leider nicht, sagt sie.

NA JA, DANN RICHTE DR. OCCULT AUS, DASS ES MIR LEID TUT. ICH BIN VOM WEG ABGEKOMMEN, UND ICH WÜNSCHTE, ICH HÄTTE MIT DIESEM MAGISCHEN KRAM NIE ANGEFANGEN.
UND ER SOLL DAD VON MIR GRÜSSEN.
JA?
HUUU.
Sicher, sagt sie.
Wissen Sie, an dieser Eule kommt mir etwas ungewöhnlich vor.
Meinen Sie, daß sie tagsüber fliegt, wo Eulen doch Nachtgeschöpfe sind?
Sie sind ein aufmerksamer Beobachter, Meister Lampe. Aber nein, ich dachte an die Kette, die sie um den Leib trägt.
DAS IST NUR EINE KETTE, DIE WIR VOM KOBOLD-MARKT HABEN.
„Nur eine Kette?" Das ist EMPUSAS UNENDLICH DEHNBARE KETTE, wenn ich mich nicht verdammt irre. Oh, pardon.
Das ist ein Ding, Meister Griesgram! Empusas unendlich dehnbare Kette ... um eine Eule!
WOVON SPRECHT IHR?
Sie ist berühmt, Kleiner. Einer von Empusas verlorenen Schätzen, wie die UNENTRINNBARE TROMMEL und das HELIOTROP.
„Nennt mich ruhig ein Kurzohr, Meister Griesgram. Darauf wäre ich nie im Leben gekommen. Sie müssen mich wirklich für einen alten Dummkopf halten!"
„Aber NEIN, Meister Lampe. Wir Igel sind eben von Natur aus klug."
UND ... HILFT UNS DAS NUN WEITER?
Nein, Junge. Nein, das würde ich nicht behaupten.
Aber das wäre doch eine schöne Geschichte für Ihre Enkel, Meister Griesgram. „Am Tag, als ich in den Kochtopf kam, entdeckte ich zufällig Empusas unendlich dehnbare Kette an einer Eule."
Aber wenn diese Eule ...

„...nun um die Beine von Baba Jagas kleiner Hütte flöge ...“
„Und wenn sie die Kette um die Beine des Hauses schlänge ...“
„Und SCHLÄNGE und SCHLÄNGE und SCHLÄNGE (sie ist ja sehr dehnbar) ...“
„Bis sie ... RUMMS! ... umkippte ...“
„Und wenn dieser junge Herr hier all die Knoten und Schlingen lösen könnte ...“
„Dann könnten wir durch ein Fenster steigen und im hohen Gras untertauchen, bevor man JANUARIUS GAMMADION FANTARABIA DAGONET MÖPSELCHEN sagen könnte ...“
Entschuldigung, aber die Eule sagt, wir sollten schnell von hier verschwinden.
Sie kommt zurück.
HU-UU.
MEIN HAUS! WAS HABEN SIE MIT DIR GEMACHT, HÄUSCHEN?

ICH ESSE SIE LEBEND!
LAUF!
Komm schon, Junge! Lauf! So lauf doch!
Ups! Steh auf, Junge! Nun mach schon!

AUS DEM WEG, FRAU. DIESER SATANSBRATEN IST MEIN ABENDESSEN!
TIMOTHY STEHT IN DIESEM REICH UNTER MEINEM SCHUTZ. BELÄSTIGE IHN NICHT MEHR!
ER GEHÖRT MIR! DU WAGST ES, MIR ZU DROHEN? ICH...
ICH KENNE DEINEN WAHREN NAMEN, BABA JAGA.
SOLL ICH IHN JETZT RUFEN, DAMIT ALLE TIERE DES WALDES ALLE VÖGEL DER LUFT, ALLES, WAS KREUCHT UND FLEUCHT, IHN AUCH KENNEN?
DEIN NAME WÜRDE SEHR BEKANNT.
MÖCHTEST DU DAS, BABA JAGA?
DU LÜGST. DU KENNST MEINEN NAMEN NICHT.
VIELLEICHT. MÖCHTEST DU HÖREN, WIE LAUT ICH RUFEN KANN?
NEIN...
DANN GIBST DU JEDEN ANSPRUCH AUF DEN JUNGEN AUF?
JA...
GUT.

SIE HABEN GEBLUFFT, ODER?
WAS?
WIE JOHN CONSTANTINE IN DEM NACHTCLUB. SIE KANNTEN IHREN NAMEN GAR NICHT.
NEIN, TIM, ICH HABE NICHT GEBLUFFT. ALS ICH GERADE IN DEN DIENST DER SIEBEN GETRETEN WAR, REISTE ICH IN DIE GEFILDE DES WAHNSINNS.
DORT PROBIERTE ICH EINEN WEIN, DEN SELBST MANCHE GÖTTER FÜR ZU SCHWER BEFINDEN. UND DORT...
...ERFUHR ICH EINIGES. NEUN LIEDER... ACHTZEHN ZAUBERSPRÜCHE... UND NEUN MAL NEUN NAMEN... NAMEN VON GÖTTERN UND STERBLICHEN UND VOM WILDEN VOLK, NAMEN VON STÄDTEN, BÄUMEN, ADLERN UND SCHLANGEN.
ES WAR KEIN BLUFF.
ICH HÄTTE SIE VERNICHTET.
OH. AHA.
OH.
WER SEID IHR? UND WAS WOLLT IHR HIER?
SPRECHT, ODER ICH VERWANDLE EUCH IN MÄUSE UND HETZE EURE EULE AUF EUCH.
MYLADY, WIR SIND REISENDE UND MÜSSEN DIESEM WEG FOLGEN, WOHIN ER AUCH FÜHRT.

WER MIT DEM WIND REITET, MUSS GEHEN, WOHIN ER EINEN FÜHRT.
WER MIT DEN STERNEN REIST, MUSS SCHWEIGEND GEHEN.
ICH VERSTEHE. WIR KENNEN UNS, NICHT WAHR?
JA, LADY.
ALS WIR UNS DAS LETZTE MAL TRAFEN, TRUGST DU EINE MÄNNERHAUT UND HAST DIE WELT DURCH MÄNNERAUGEN BETRACHTET.
JA, LADY.
AH. STELLST DU MICH DEINEM BEGLEITER VOR?
WIE IHR WÜNSCHT, LADY. DAS IST TIMOTHY HUNTER. TIM, DAS IST DIE KÖNIGIN DIESES REICHES.
SEHR ERFREUT... ÄH... EURE MAJESTÄT.
DU HAST PRÜFUNGEN HINTER DIR, KIND. ABER ES GIBT AUCH VIELE FREUDEN HIER. DU HAST NACH MIR GESUCHT.
ICH DACHTE, WIR WÄREN NUR DEM WEG GEFOLGT, EURE MAJESTÄT.
DAS IST MEIN REICH, UND ALLE WEGE DARIN SIND MEINE WEGE.
„WAS SOLL ER ERFAHREN, ROSE SPIRITUS?"
„ICH SOLL IHM DIE SPHÄREN HINTER DENEN DER STERBLICHEN ZEIGEN, MYLADY."
„UND DU HAST IHM DAS ELFENLAND GEZEIGT? EIN GUTER ANFANG. ABER ES GIBT NOCH VIEL MEHR. GEHEN WIR DOCH ZU MEINEM PALAST."
„IST ES WEIT?"
„ES IST SO NAH WIE DER HERBSTMOND IM ABENDHIMMEL, SO FERN WIE EIN TRAUM BEIM ERWACHEN, SO NAH WIE EIN REGENBOGEN UND SO FERN, DASS MAN EWIG GEHEN KANN OHNE IHN JE ZU ERREICHEN."
IST ES WEIT?

NEIN, TIMOTHY. NICHT WEIT.
DU WILLST ALSO DIE FERNEN REICHE SEHEN? NUN GUT.
DOCH WISSE: DIE ORTE, DIE DU BESUCHEN UND SEHEN WIRST, EXISTIEREN NICHT.
DENN ES GIBT NUR ZWEI WELTEN... DEINE WELT, DIE DIE WAHRE IST, UND ANDERE WELTEN, DIE PHANTASIE.
WELTEN WIE DIESE SIND WELTEN DER MENSCHLICHEN VORSTELLUNGSKRAFT. IHRE WIRKLICHKEIT, ODER IHR MANGEL DARAN, IST NICHT WICHTIG. WICHTIG IST NUR, DASS ES SIE GIBT.
DIESE WELTEN STELLEN EINE ALTERNATIVE DAR. EINE FLUCHT. EINE BEDROHUNG. EINEN TRAUM, UND MACHT, UND ZUFLUCHT UND SCHMERZ.
SIE GEBEN DEINER WELT BEDEUTUNG.
SIE EXISTIEREN NICHT. UND DESHALB KOMMT ES NUR AUF SIE AN. VERSTEHST DU?

NEIN.
DU BIST EHRLICH. DAS SPRICHT FÜR DICH.
HIER DRÜBEN GIBT ES *TÜREN*, TIMOTHY HUNTER.
DAS IST DER SCHLÜSSEL. BENUTZE IHN, WIE DU WILLST. EIN GESCHENK VON MIR.
HIER... *FANG!*
NEIN!
HABE ICH ETWAS *FALSCH* GEMACHT?
NEIN.

HAMNET? EINEN ERDBEERLIKÖR, BITTE.
JA, EURE MAJESTÄT.
NUN GEH, KIND. DU AUCH, ROSE. ZEIGE IHM DIE WELTEN JENSEITS DER VERNUNFT.

„ICH HABE ETWAS FALSCH GEMACHT, ODER ?“
„SPÄTER, TIMOTHY.“
„ZUERST..“
„DAS IST SKARTARIS. EINE WELT IN DER WELT... HIER WANDELN DINOSAURIER, UND DIE ZEIT DREHT SICH IN SICH SELBST.“
„DIESE WELT IST RECHT LEICHT VON DER DEINEN AUS ZU ERREICHEN.“
„SIE WIRD ZUR ZEIT SOGAR VON EINEM MANN VON DER ERDE BEHERRSCHT. DOCH WENN MAN EINE NEUE WELT BERÜHRT, WIRD MAN AUCH VON IHR BERÜHRT. ER IST JETZT DER WARLORD DIESER WELT, UND SEINE TOCHTER IST IHRE ZAUBERIN GEWORDEN.“
„DA.“
„NOCH EINE TÜR.“

„DIE WELTEN DAHINTER KÖNNEN ZUFLUCHTSORTE SEIN, TIMOTHY. VIELLEICHT ERSCHAFFT JEDER VON UNS SEINE EIGENE PHANTASIEWELT. HIER EIN LAND NAMENS MYRRA, DORT DAS LAND NAMENS PYTHARIA, UND AM RAND JEDER LANDKARTE: „HIER LEBEN DRACHEN."
„IN DEINER WELT SANG JIM ROOK LIEDER VON ERLEUCHTUNG UND LIEBE... BIS ER VON EINEM KÖNIGREICH AUS BLUT UND ZAUBER GEPACKT WURDE..."
„...WO DIE GEFÄHRTEN DER HELDEN EWIG TAPFER UND TREU SIND..."
„... WO BÖSE MAGIER STÄNDIG ÜBER VERSTAUBTEN PERGAMENTEN BRÜTEN, UM IHRE TOTENHEERE ZU ERWECKEN, NUR UM ZU SCHEITERN UND DANN AUF EWIG ZU FLIEHEN..."
„...WO RIESEN DROHEN, BIS DIE HELDEN IHNEN MIT IHREN MAGISCHEN SCHWERTERN DIE KÖPFE ABSCHLAGEN..."
„IN DIESEN LÄNDERN TRAGEN MÄNNER SO KLANGVOLLE NAMEN WIE CLAW DER UNBESIEGTE ODER STALKER DER SEELENLOSE. ROCK WURDE ZU NIGHTMASTER UND WIRD DIE WELT RETTEN ODER ZERSTÖREN."
„DORT SIND DIE NAMEN AUSTAUSCHBAR GEWORDEN, FÜRCHTE ICH."
„AUCH ICH HABE EIN ZAUBERSCHWERT, DOCH ICH BENUTZE ES NUR SELTEN."
„NOCH EINE TÜR."

„SIE NENNEN DIESEN ORT DIE JUWELENWELT."
„IN DEN LETZTEN JAHREN FLOHEN VIELE MAGISCHE DINGE AUS DEINER WELT. UND SIE KAMEN HIERHER."
„UNTER DIESER WELT LIEGT IHR ERZMAGIER ANGEKETTET; ER GIBT DIESER WELT LEBEN, MACHT SIE ZU DEM, WAS SIE IST, OBWOHL DIE, DIE AUF IHR LEBEN, NICHTS DAVON AHNEN."
„HIER GIBT ES ZWÖLF GROSSE HÄUSER, JEDES NACH EINEM JUWEL BENANNT, DIE RÄNKE SCHMIEDEN UND DURCHKREUZEN, SICH VERBÜNDEN, BETRÜGEN UND MORDEN."
„HIER GEHT DIE SONNE IM OSTMEER AUF UND IST ZUM MOND GEWORDEN, WENN SIE IN DEN WASSERN DES WESTENS UNTERGEHT. UND DIE WASSER ERGIESSEN SICH AUF EWIG IN DIE NACHT."
„NOCH EINE TÜR."

„HMM. DAS ELFENLAND IST MIT DIESEM ORT VERBUNDEN WIE JEDE ANDERE EBENE AUCH."
„DAS IST DIE HÖLLE, TIM. EIN WINZIGER TEIL VON IHR."
„HIER HAUSEN VIELE DÄMONEN. DIE VERDREHTE GEOMETRIE GEHT KONFORM MIT IHREM DUNKLEN INNENLEBEN. MAN KANN SIE IN DEINE WELT RUFEN... FÜR EINEN PREIS."
„DOCH ER IST ZU HOCH."
„DAS IST EIN ORT DER BESTRAFUNG, TIMOTHY. WER MEINT, ETWAS SÜHNEN ZU MÜSSEN, KANN SICH SEINEN QUALEN UNTERWERFEN."
„BIS MAN BEGREIFT, DASS NUR MAN SELBST UND SONST NIEMAND... KEIN GOTT, KEIN DÄMON ... SEINE EIGENE HÖLLE ERSCHAFFT. DANN IST MAN FREI UND KANN WIEDER GEHEN..."
„DIESER ORT IST BÖSE, TIMOTHY. DOCH ER IST AUCH NOTWENDIG."
„NOCH EINE TÜR."

HU-HU-HU-HURRA! HUHU, ICH BIN'S, TIMOTHY HU-HUNTER!
MIEP.
STILL, BUBI. ER WEISS, WER ER IST. HALLO, TIMOTHY, HALLO, DOCTOR. ICH UND MEIN FETTLEIBIGER UND MEHR ODER WENIGER GEHIRNTOTER BRUDER HEISSEN EUCH IN UNSEREM REICH WILLKOMMEN.
HÄHÄHÄ. LIEBES KIND.
WO SIND WIR?
IM TRAUMLAND.
EIN REICH, DAS GESCHICHTEN UND ALPTRÄUME UMFASST, GEWOBEN AUF DEM WEBSTUHL DER SCHLAFENDEN.
HERE LIES BABY
21 DEC. 1855
3 JAN
UND WIR SIND SEINE WÄCHTER UND HÜTER, SEINE HELDEN UND HERREN, MEIN BRUDER UND ICH... LORD CAIN UND LORD ABEL.
ERINNERE DICH AN UNS, WENN DU DEINE VOLLE MACHT HAST, TIM.

„Lord" Cain? „Lord" Abel?
HERE LIES MATTHEU L. MERKLEY
Sagt mir, wann seid ihr befördert worden? Muß ich gratulieren, Geschichten-bewahrer?
AH-JA-UH-ÄHHH-HMMM-UMMM-ÄHHH...
Murp.
KLAPPE, DEPP.
NUR EIN KLEINER, HÄHÄ, SCHERZ MIT DEM JUNGEN TIMOTHY, SIRE...
Du bist Timothy Hunter?
HM. HALLO.
DIESER ORT KOMMT MIR BE-KANNT VOR.
Ah. Ich verstehe. Dann sei willkommen in der Traumwelt, Kind, ob du nun wachst oder schläfst.
Ich bin der Herr dieses Reiches, Kind. Ich bin Traum.

Das sollte er auch. Hierher kommst du, wenn du schläfst, Timothy.
Nun kehre ins Elfenland zurück. Grüße Titania von mir. Es ist lange her...
...Vielleicht sehen wir uns bald.
Lebe wohl, Timothy Hunter. Und du mit der Doppelseele auch.
HAT MICH GEFREUT.
NUN, TIMOTHY? DIE FERNEN LANDE. ODER EIN WINZIGER TEIL VON IHNEN.
DENN SCHLIESSLICH GIBT ES SO VIELE WELTEN UND EBENEN, HÖLLEN UND PARADIESE, WIE MAN SICH VORSTELLEN KANN.
ES WAR SEHR INTERESSANT. ICH MEINE, ICH HABE NICHT ALLES BEGRIFFEN... TROTZDEM...
VIELEN DANK.
OH. UND WENN SIE KÖNIGIN TITANIA SIND, SOLL ICH SIE GRÜSSEN. EIN GROSSER KERL AUS DEM TRAUMLAND. SCHWARZES HAAR.

AH.
MEIN LORD SCHÖPFER WÄRE HIER WILLKOMMEN. UND JA, ICH WERDE AUCH TITANIA GENANNT.
MYLADY...
AH. DOCTOR. ICH HABE MICH SCHON GEFRAGT, WANN SIE ERSCHEINEN. JA?
WIR MÜSSEN JETZT AUFBRECHEN, MAJESTÄT. TIM HAT NOCH EINE WEITE REISE VOR SICH. WIR DANKEN IHNEN FÜR IHRE GASTFREUNDSCHAFT, DOCH NUN MÜSSEN WIR ZURÜCK.
WIRKLICH? DOCTOR...
HABEN SIE TIMOTHY NICHT DIE REGELN DIESES ORTES ERKLÄRT?
DOCH.
ABER ER HAT EIN GESCHENK ANGENOMMEN.
TIMOTHY, JUNGE, WILLST DU BEI MIR BLEIBEN? WILLST DU MEIN PAGE UND DIENER SEIN, HIER IM LAND DES SOMMERZWIELICHTS, WO ES KEIN ALTER UND KEINEN TOD GIBT?
DU HAST NUR EINEN WINZIGEN TEIL DER WUNDER DIESER WELT GESEHEN, TIM. DU HAST WEDER UNSERE FRÜCHTE GEGESSEN NOCH UNSEREN WEIN GETRUNKEN NOCH ZU UNSEREN FESTEN GETANZT.
BLEIB. SEI MEIN PAGE.
UND DAFÜR WERDE ICH FÜR DICH ALLES SEIN.

DANKE FÜR DAS ANGEBOT, EURE MAJESTÄT. ABER ICH WILL NACH HAUSE. ICH WILL NICHT AUF EWIG HIERBLEIBEN.
ICH BIETE DIR KEINE WAHL, TIMOTHY.
DU HAST EIN GESCHENK VON MIR ANGENOMMEN. DEN WELTENSCHLÜSSEL...
NUN MUSST DU MIR ETWAS GEBEN, TIMOTHY. EIN GLEICHWERTIGES GESCHENK.
ANSONSTEN NEHME ICH...
...DICH.
ICH MUSS NACH HAUSE. MEIN VATER BRAUCHT MICH. ICH MEINE, ICH BIN NICHTS BESONDERES. ICH WILL NACH HAUSE.
ES IST ZU SPÄT. BLEIB FREIWILLIG HIER ODER GEGEN DEINEN WILLEN.
ODER MACH MIR EIN GESCHENK, DAS SO WERTVOLL WIE DER SCHLÜSSEL IST.
ICH ENTSCHULDIGE MICH, TIMOTHY. HÄTTEST DU MEINE WARNUNG DOCH NUR BEACHTET. DOCH VERZWEIFLE NICHT
ICH WERDE MIT DEN DREI ANDEREN ZURÜCKKEHREN. WIR WERDEN DICH BEFREIEN, UND WENN WIR DABEI DAS HALBE ELFENLAND AUSMERZEN WERDEN.
DAS IST... DU BIST... SCHLIESSLICH UNSERE VERANTWORTUNG.
WAS? SIE WERDEN SIE NICHT AUFHALTEN ?
NEIN.
REGELN SIND REGELN, HIER WIE ÜBERALL.
AUGE UM AUGENSTERN, ZAHN UM ZAHNLÜCKE.
REGELN SIND REGELN.

NEIN! ICH BLEIBE NICHT HIER! DAS IST LÄCHERLICH!
NUN GUT. WAS BIETEST DU MIR ALSO FÜR MEINEN SCHÖNEN SCHLÜSSEL AN?
ICH HABE NICHTS BESONDERES.
SELBST DAS DING, DAS ICH AUF DEM MARKT BEKAM, WAR GEWÖHNLICH. DAS HAT DIESER GLORY GESAGT.
WAS HAST DU AUF DEM MARKT BEKOMMEN, TIM?
EIN GEWÖHNLICHES EI, NANNTE ER ES, DOCTOR. AUS BERNSTEIN ODER SO.
DAS WELTLICHE EI.
JA, GENAU. NORMAL. LANGWEILIG. WELTLICH. SO ETWAS HAT ER GESAGT.
NEIN, TIMOTHY. DAS TRIFFT NICHT ZU. NICHT IN DIESEM ZUSAMMENHANG.
WIESO? WAS IST SO BESONDERS DARAN?
IN DIESEM EI LIEGT EIN NOCH UNGEBORENER TEIL DER SCHÖPFUNG. EINES TAGES WIRD DIESES EI EINE WELT AUSBRÜTEN.
JEDE WELT IST AUS EINEM WELTLICHEN EI GESCHLÜPFT, TIM.
UND SIE SIND WERTVOLL.
EUER MAJESTÄT, ERWEIST IHR UNS DIE EHRE, TIMOTHYS GESCHENK ZU AKZEPTIEREN?
ICH HABE KEINE WAHL. REGELN SIND REGELN.
SELTSAM. ICH DACHTE, DAS LETZTE WELTLICHE EI SEI LÄNGST AUSGEBRÜTET WORDEN.
NUN GUT.
IHR DÜRFT GEHEN... BEIDE.
GEHT...

...BEVOR ICH ES MIR ANDERS ÜBERLEGE.
UND WIRST AUCH DU WELTEN AUS-BRÜTEN, MEIN SOHN ?

TIM? WACH AUF!
WIR SIND ZURÜCK.
ALLER-DINGS.
WIR SIND NICHT MEHR... NA JA... IRGENDWO?
NEIN.
WAS MACHE ICH DAMIT?
ER GEHÖRT DIR. ES WAR EIN FAIRER HANDEL. VIELLEICHT FINDEST DU EINES TAGES DAS SCHLOSS, IN DAS ER PASST.
ES IST ALSO VORBEI.
DIESER TEIL DEINER REISEN.
DANN STEHT MIR NUR NOCH EINE BEVOR. NUR NOCH EIN FÜHRER. DER BLINDE. MISTER E.
SO. WOHIN NUN?
MORGEN.
DANN BRECHEN WIR AUF?
NEIN, TIMOTHY.
DORTHIN GEHST DU.

DAS BUCH DER MAGIE

Viertes Kapitel

DIE STRASSE INS NIRGENDWO

Text: Neil Gaiman
Zeichnung: Paul Johnson

ICH HAB MAL EINEN WITZ ÜBER SIE GEHÖRT, E.
EINEN WITZ?
ICH GLAUB SCHON. EIN KERL, DEN ICH IN EINER BAR IN KATMANDU TRAF, ERZÄHLTE, DASS SIE IMMER HOLZPFLÖCKE DABEIHABEN UND EINE PISTOLE MIT SILBER-KUGELN, FÜR DEN FALL, DASS SIE AUF EINEN VAMPIR ODER WERWOLF TREFFEN.
POTZ.
SIE HÄMMERN WOHL ZUERST UND STELLEN DANN FRAGEN.
NUR EIN TOTER VAMPIR IST EIN GUTER VAMPIR, CONSTANTINE.
DA WÜRDEN DIE IHNEN SOGAR BEI-PFLICHTEN.
WIR MÜSSEN AUF DER HUT SEIN. EINES TAGES KOMMEN DIE SCHWARZEN MÄNNER AUS DEN SCHRÄNKEN UND VER-SAMMELN SICH AUF DER STRASSE ZU EINEM PRO-TESTMARSCH.
13
SIE DEMONSTRIEREN FÜR GLEICHE RECHTE, KOSTENLOSES BLUT UND IHREN KOPF AUF EINEM TABLETT.
SOLL DAS AUCH EIN WITZ SEIN, CONSTANTINE?
HOFFEN WIR'S.
ZIGARETTE?
NEIN DANKE. ICH SCHÄNDE DEN TEMPEL MEINES KÖRPERS NICHT.
WIE WÄRE ES DANN MIT EINEM...
STILL, IHR BEIDEN. SIE KOMMEN ZURÜCK.

HALLO, TIM. WIE WAR DAS ELFENLAND?
ICH... ERINNERE MICH NICHT MEHR GENAU. ES IST ALLES VERSCHWOMMEN... DA WAREN DIESE FRAUEN... UND EIN HAUS MIT HÜHNERBEINEN...
ES WAR WIE EIN TRAUM. ICH WEISS ES ZWAR NOCH, KANN ABER NICHT DARÜBER SPRECHEN. ES ERGIBT EINFACH KEINEN SINN.
BIST DU HUNGRIG, KIND? BIST DU MÜDE?
ODER BIST DU BEREIT FÜR DIE LETZTE REISE?
ICH WEISS NICHT. ICH BIN BEREIT.
UND ER WIRD WOHL MEIN FÜHRER SEIN.
13
JA. ICH BIN BEREIT.
NA SCHÖN, JO-JO. WIR GEHEN INS MORGEN...
NEIN. DIE EULE IST EIN VOGEL DER DUNKELHEIT UND NACHT. SIE BLEIBT HIER.
TIM?
JA. OKAY.
DU BLEIBST ALSO HIER, JA?
NIMM MEINEN ARM.
SIE SIND DOCH ...NA JA... BLIND. WOLLEN SIE NICHT MEINEN ARM NEHMEN?
WOHIN WIR GEHEN, WIRST DU BLIND SEIN, JUNGE. ICH KENNE DEN ALTEN WEG.
NUN SCHLIESSE DIE AUGEN.

TRITT VOR, KIND.
EINFACH SO?
JA. UND SCHLIESS DIE AUGEN, BIS ICH DIR SAGE, DASS DU BLEIBEN UND SIE WIEDER ÖFFNEN SOLLST.
WOHIN GEHEN WIR? WERDEN SIE MIR MEINE ZUKUNFT ZEIGEN?
VIELLEICHT. GEH WEITER.
ICH WEISS NICHT... ABER ICH HABE KEIN GUTES GEFÜHL DABEI.
ER IST NICHT GERADE SEHR AUSGEGLICHEN, ODER?
NEIN.
NEIN. ABER WIR HABEN KEINE ANDERE WAHL. ODER KÖNNEN SIE IN DIE ZUKUNFT REISEN, JOHN CONSTANTINE?
NUR WIE JEDER ANDERE AUCH, BOSS.
UM EINE SEKUNDE.
DU KANNST DIE AUGEN ÖFFNEN, JUNGE.
WIR SIND FÜNFZEHN JAHRE IN DEINER ZUKUNFT.
IN EINER DAVON.
ES GIBT NUR WENIG STABILE ZUKÜNFTE, JUNGE.

MEIN VATER HAT MIR ERKLÄRT, DASS DIE ZUKUNFT EINE ABFOLGE UNENDLICH VIELER VERZWEIGTER MÖGLICHKEITEN IST. WENN WIR SIE BEGEHEN, NEHMEN WIR DEN WAHRSCHEINLICHSTEN WEG... DER AM EHESTEN EINTREFFEN WIRD.
ABER NICHTS IN DER ZUKUNFT IST DEFINITIV.
MANCHE ZEITEN SIND VERWASCHEN... IN DEN NÄCHSTEN HUNDERT JAHREN FLIESSEN WIDERSPRÜCHLICHE EREIGNISSE INEINANDER. ANDERE SIND RELATIV STABIL... ALS WÜRDE FAST JEDER ZUKÜNFTIGE WEG, DEN MAN BEGEHT, IN DASSELBE UNIVERSUM FÜHREN.
ABER WIR REISEN DOCH NICHT WIRKLICH IN DIE ZUKUNFT, ODER? ES IST WIE DAMALS, ALS DER BURSCHE IN DEM SCHWARZEN MANTEL MIR DIE VERGANGENHEIT GEZEIGT HAT. WIR BEOBACHTEN NUR, ODER?
NEIN. WIR SIND WIRKLICH IN DEN ZUKÜNFTEN.

WAS IST DA LOS?
DAS IST DER LETZTE MAGISCHE KONFLIKT DIESER ÄRA. DER KAMPF ZWISCHEN GUT UND BÖSE. ZWISCHEN LEBEN UND TOD.
DU SIEHST DIE GROSSE SCHLACHT, KIND. FÜNFZEHN JAHRE IN DEINER ZUKUNFT. SIE KÄMPFEN UND FALLEN. VIELLEICHT, VIELLEICHT...
DIE MÄCHTE DER DUNKELHEIT: DIE HORDEN M'NAGALEHS, DES GROSSEN GOTTES KREBS, TEILEN DEN GEIST UND DEN HUNGER IHRES HERRN.
DIE VAMPIRKÖNIGINNEN DES KULTES DES BLUTROTEN MONDES.
ECLIPSO, HERR DES NIEMANDSLANDES ZWISCHEN LICHT UND DUNKELHEIT.
UND DA SIND ANDERE... VIELE, VIELE ANDERE.
WER IST DIESE TOLLE FRAU?
IHR NAME IST TEFÉ HOLLAND. SIE IST EIN ERDGEIST, DIE ERSTE INKARNATION IN MENSCHLICHER FORM. DIE HERRSCHERIN DES PFLANZENREICHES.

EINIGE DIESER LEUTE SAH ICH, ALS ICH IN DEN USA WAR. DAS IST ZATANNA! SIE IST VERLETZT! KÖNNEN WIR NICHTS TUN?
WARUM SOLLTEN WIR? VERSTEHST DU NICHT? ES IST NOCH NICHT PASSIERT. VIELLEICHT PASSIERT ES AUCH NIE... ODER NICHT SO.
Die Zeit ist da für großen Abschiedsschmerz. Die Furcht durchströmt dich siedendheiß wie Glut. Ich sehne mich schon lang nach deinem Blut.
Und nun, mein Freund, nehme ich mir dein Herz.
HA HA HA HA HA HA HA HA HA HA HA HA
WER GEWINNT?
BEIDE SEITEN. IN MANCHEN ZUKÜNFTEN DIE EINE, IN ANDEREN DIE ANDERE. AUCH DIE ZUSAMMENSETZUNG VARIIERT. ES IST TRAURIG, ABER WAHR, DASS IM REICH DER MAGIE DIE TRENNLINIE ZWISCHEN GUT UND BÖSE VERSCHWIMMT.
MANCHMAL GLAUBE ICH, NUR ICH BIN REIN.

MEHR GEISTER?
WIR SIND AUS DER VERGANGENHEIT. SEHEN SIE UNS?
WEISS NICHT. ICH GLAUBE, ICH PHANTASIERE.
KHHACK KK-KOF
SCHEISSE. BLUT. ICH WILL NICHT STERBEN.
TIM? TIM HUNTER?
JA.
DU KLEINES ARSCHLOCH.
ICH DACHTE, DU WÄRST EIN NETTER JUNGE. ICH HÄTTE DICH VOR FÜNFZEHN JAHREN ERWÜRGEN SOLLEN. DAS HÄTTE UNS ALLEN EINE MENGE KUMMER ERSPART.
E HATTE RECHT...
W-WAS MEINEN SIE, JOHN? WIR SIND FREUNDE...
WAS ICH MEINE?
SIEHST DU IHN DA OBEN? DEN FÜHRER DER GEGENSEITE?
IN DEM BLAUEN ANZUG? JA.
DAS BIST DU, TIM.
DU, WIE DU HEUTE BIST.
NEIN! DAS IST NICHT WAHR! DAZU WIRD ES NICHT KOMMEN!
TUT MIR LEID, JUNGE. ES IST SCHON PASSIERT.
KÖNNTEST DU... MIR EINE ZIGARETTE ANZÜNDEN? DAS FEUERZEUG LIEGT AUF DEM BODEN. ICH KANN DEN ARM NICHT MEHR BEWEGEN.

DANKE.
KHAKK KOF
IST ER ICH?
STIMMT DAS?
JA.
WIRKLICH?
ES...IST NICHT DIE EINZIGE ZUKUNFT. ES GIBT ANDERE, IN DENEN DU DER OBERSTE MAGUS BIST. DER HELD DES LICHTS.
ES GIBT UNENDLICH VIELE ANDERE MÖGLICHKEITEN. BEI MANCHEN HAST DU GAR NICHTS MIT DIESER SCHLACHT ZU TUN.
UND IN MANCHEN ZUKÜNFTEN WIRD ES NIE ZU DIESER SCHLACHT KOMMEN.
ICH VERSTEHE NICHT. DANN IST DIESE WAHRSCHEINLICHER ALS DIE ANDEREN?
NEIN.
WARUM HABEN SIE MICH DANN ÜBERHAUPT HIERHERGEBRACHT?
DU SOLLTEST SIE SEHEN. NUR DESHALB.
EGAL. ZUNEIGUNG ODER MANGEL DARAN BEEINFLUSST MEINE TATEN NICHT. ES GIBT GUT, UND ES GIBT BÖSE. DAS GUTE MUSS GESCHÜTZT UND DAS BÖSE AUSGEMERZT WERDEN.
ICH MAG SIE NICHT, MISTER E... ODER WIE SIE AUCH HEISSEN.
ICH HABE DIR ALS WARNUNG DEN TRIUMPH DES BÖSEN GEZEIGT.
ICH BIN NUR EIN KIND. ICH HÄTTE SO WAS NICHT SEHEN MÜSSEN. BRINGEN SIE MICH WEG VON HIER.
NA SCHÖN.

WAS IMMER BEI DIESEM KONFLIKT GESCHAH... IN JEDER ZEITLINIE, AUF DER ER SICH EREIGNETE... ES WIRD DAS LETZTE AUFBLÜHEN DER MAGIE IN UNSERER EPOCHE SEIN.
DANN WIRD EIN KRIEG KOMMEN, DER DIE MENSCHHEIT IN DIE PRIMITIVITÄT STÜRZT.
VERSTEHST DU? MEIN VATER HAT ES MIR BEIGEBRACHT. DIE MENSCHHEIT IST BÖSE. ZIVILISATION IST DER ABSCHAUM, DER SICH AN DER OBERFLÄCHE BILDET, DOCH DARUNTER BESTEHT DIE MENSCHHEIT AUS WILDEN TIEREN.
DESHALB BIN ICH AUCH BLIND.
WIE MEINEN SIE DAS?

DU SIEHST MIT DEN AUGEN. DAS BEDEUTET, DASS DICH REIZE IRREFÜHREN KÖNNEN, ÄUSSERER ANSCHEIN, GEWEBE DER PRACHT, DES OBERFLÄCHLICHEN SCHEINS.
ICH SEHE NICHT MIT DEN AUGEN.
ICH SEHE GUT UND BÖSE. SONST NICHTS.
OH.
UND WIE HAT IHR VATER SIE DAS GELEHRT?
ICH WAR ETWAS JÜNGER ALS DU.
ER ÜBERRASCHTE MICH, ALS ICH MIR EIN BILD EINER FRAU ANSAH. EINER SCHAMLOSEN FRAU. MIT WOLLUST IM HERZEN.
ER WAR EIN GROSSER, GUTER MANN. UND ES BRACH IHM DAS HERZ, DENN ICH SOLLTE IN SEINE FUSSSTAPFEN TRETEN.
ZUERST PRÜGELTE ER DAS BEGEHREN AUS MIR HERAUS. DANN SORGTE ER DAFÜR, DASS MEINE AUGEN MICH NIE WIEDER AUF DEN PFAD DES BÖSEN FÜHREN KONNTEN.
ER HAT SIE AUSGESTOCHEN?
„UND SO DICH DEIN AUGE ÄRGERT, REISS ES AUS UND WIRF'S VON DIR. ES IST DIR BESSER, DASS DU EINÄUGIG ZUM LEBEN EINGEHEST, DENN DASS DU ZWEI AUGEN HABEST UND WERDEST IN DAS HÖLLISCHE FEUER GEWORFEN."
JESUS HAT DAS GESAGT, JUNGE. MATTHÄUS 18, VERS 9.
MEIN VATER WAR EIN GUTER MENSCH.
UND ICH VERSUCHE, EIN GUTER MENSCH ZU SEIN. DER GEIST IST WILLIG...
DAS IST KRANK.
GEHEN WIR WEITER.

SIE SIND SCHON 'NE WEILE WEG. WAS GENAU SOLL E DEM JUNGEN ZEIGEN?
DEN AUFSTIEG UND FALL DER MAGIE IN DER ZUKUNFT. IN DEN NÄCHSTEN TAUSEND JAHREN VIELLEICHT, MEHR NICHT.
DANACH WIRD ES ZUNEHMEND SCHWIERIG, INS HIER UND JETZT ZURÜCKZUKEHREN.
ICH WILL IHR URTEIL NICHT IN FRAGE STELLEN... ABER WARUM HABEN SIE E GEWÄHLT?
ICH HABE SEHR VERWIRRENDE DINGE ÜBER IHN GEHÖRT.
JA. ABER MAN MUSS DIE VERFÜGBAREN MÖGLICHKEITEN NUTZEN.
UND IN KALKUTTA HAT ER TAPFER GEKÄMPFT. ER HAT IMMER VERSUCHT, DAS GUTE UND DAS LICHT ZU BEWAHREN, SO, WIE ER ES SIEHT. UND ER KANN... IM GEGENSATZ ZU UNS... DEM KIND DIE ZUKÜNFTIGEN DINGE ZEIGEN.
UND ES GIBT NOCH EINEN GRUND.
WELCHEN?
DAS GLEICHGEWICHT, JOHN CONSTANTINE.
13
MAGIC
FREIER WILLE. ES MUSS IMMER EINE FREIE ENTSCHEIDUNG GEBEN.
QUATSCH.

NACH DEN GROSSEN KRIEGEN GREIFT DIE MENSCHHEIT NACH DEN STERNEN. ES IST NICHT DIE ZEIT FÜR MAGIE ... SIE SPIELT IN DER WELT KEINE ROLLE MEHR.
WARUM NICHT?
WOHL, WEIL DIE MENSCHEN SIE NICHT GEWÄHLT HABEN.
WAS MAGIE BETRIFFT, SO GIBT ES IMMER EINE URSPRÜNGLICHE ENTSCHEIDUNG, SIE IN SEIN LEBEN TRETEN ZU LASSEN. IST DIESE BEREITSCHAFT NICHT GEGEBEN, GIBT ES AUCH KEINE MAGIE.
DOCH SCHLIESSLICH WIRD DIE MAGIE ZURÜCKKEHREN, UND DIE SCHNITTSTELLEN DER DIMENSIONEN WERDEN DIE JUWELENWELT WIEDER AUF DIESE SEITE DES UNIVERSUMS BRINGEN.

DAS IST DAS UNIVERSUM DES DREISSIGSTEN JAHRHUNDERTS...TAUSEND JAHRE NACH DEINER ZEIT.
DIE MAGIE KEHRT ZURÜCK.
DIE TECHNOLOGIE IST SO WEIT **FORT**GESCHRITTEN, DASS DIE MENSCHEN SIE NICHT MEHR VERSTEHEN. MAN KÖNNTE SIE GLATT FÜR MAGIE HALTEN.
DER HORIZONT ERWEITERT SICH. TAG FÜR TAG BEGEGNET DIE MENSCHHEIT AUSSERIRDISCHEN, WIE SIE SICH DIE SELTSAMSTEN TIERBÜCHER NICHT HABEN ERSINNEN KÖNNEN.
SIE HABEN DIE GLÄNZENDE CHROM- UND STAHLZUKUNFT DER WELTRAUMTAXIS UND ATOMRITTER FÜR EINE ZUKUNFT DES WAHNSINNS UND DER **MISS**SCHÖPFUNGEN AUFGEGEBEN.
MISSSCHÖPFUNGEN?
DAS IST EINE BÖSE ZEIT, KIND. MENSCHEN VERMISCHEN SICH MIT GESCHÖPFEN...
...DIE SCHLIMMER ALS TIERE SIND.
DOCH ES IST AUCH DIE GLANZZEIT DER MAGIE. SIE IST ZURÜCKGEKEHRT. DIE MAGIERWELT WURDE ZUM BRENNPUNKT DER SCHÖPFUNG. MAGIE UND WISSENSCHAFT EXISTIEREN IN DER WEITE DES RAUMS UNBEHAGLICH NEBENEINANDER.

HELDEN LEBEN IN DIESER WELT.
HELDEN DER WISSENSCHAFT UND DER MAGIE.
ES IST GUT, EIN HELD ZU SEIN. ICH TRAF EINMAL SUPERMAN. ER HATTE NEN FESTEN HÄNDEDRUCK. ER WAR EIN GUTER UND MÄCHTIGER MANN.
ICH WAR NICHT EIFER-SÜCHTIG AUF IHN. ICH NEIDETE IHM SEINE AUGEN NICHT, OBWOHL SIE SELBST ATOMKERNE SEHEN KÖNNEN...
UND WAS GEHT SCHIEF?

WAS?
NA JA, IRGENDWAS MUSS SCHIEFGEHEN, ODER? ETWAS GEHT IMMER SCHIEF.
DAS IST EINE DEFÄTISTISCHE EINSTELLUNG. DIE DUNKELHEIT DEINER SEELE SPRICHT AUS DIR.
ALSO IST NICHTS SCHLIMMES PASSIERT?
DOCH. ETWAS SCHLIMMES GESCHIEHT.
DAS HERZ DER MAGIE IN DIESER ZEIT IST DIE MAGIERWELT. UND IM HERZEN DER MAGIERWELT LEBT, WIE EIN WURM IM HERZEN EINER FRUCHT, DER ERZMAGIER.
WAS IST EIN ERZMAGIER?
WER WEISS? ABER ER IST SEIT JAHRTAUSENDEN AN DAS ZENTRUM DIESER WELT GEFESSELT. ER IST DAS GLEICHGEWICHT... DAS OPFER.
DER VERTRAG, DER DIESE WELT ZUSAMMENHÄLT, VERLANGT NACH MANN UND FRAU, NACH GUT UND BÖSE, KÖRPERLICH UND KÖRPERLOS, NACH EINHEIT UND CHAOS, DIE ALLE IN DIE STRUKTUR DER WELT VERWOBEN WERDEN MÜSSEN.
ALSO IST AUCH EIN WEIBLICHES PRINZIP IN DIE STRUKTUR DER WELT VERWOBEN. EINE KÖRPERLOS FRAU, EIN MÄDCHEN, DAS SEINE SCHENKEL UND AUGEN UND LÜGEN AUFGAB...
ICH...

ER WAR SCHON LANGE, BEVOR SIE GEZEUGT WURDE, HIER, GEFESSELT VON EINER RASSE, DIE SO ALT IST, DASS DIE GÖTTER DES OLYMPS SIE FÜR EINEN MYTHOS HIELTEN.
DER ERZMAGIER.
IN DIESER ZEIT BRICHT ER SEINE KETTEN. UND MAGIE, WILDE MAGIE... KEHRT ZURÜCK. SPINNEN SPANNEN IHR NETZ ZWISCHEN DEN STERNEN. GREIFE FLIEGEN KREISCHEND ÜBER LEERE ASTEROIDEN, UND BASILISKEN ERWIDERN DEN BLICK AUS DEM HERZEN DER STERNENANTRIEBE.
ER STAHL DIE ENERGIEN DER MAGIERWELT UND LEITETE SIE DURCH DIE GALAXIS. DIE WISSENSCHAFT FUNKTIONIERTE NICHT MEHR, ALS DAS IRRATIONALE IN DIE WELT BRACH UND SIE UNTERWARF.
DAS UNIVERSUM, DAS AUF DEN PRINZIPIEN DER MAGIE BERUHT, HÄTTE ERBLÜHEN KÖNNEN.
ABER SO KAM ES NICHT, ODER?
NEIN. DER ERZMAGIER ZERSTÖRTE DIE WELT, VON DER ER DIE EINE HÄLFTE WAR... UND DABEI SICH SELBST. UND ER VERSETZTE DIE MAGIE AUSSERHALB DER MENSCHLICHEN REICHWEITE
UND DIE FRAU?
IHR PLANET STARB. SIE LEBTE IN EINEM GESTOHLENEN KÖRPER WEITER UND STARB SPÄTER EBENFALLS.
UND WISSENSCHAFT UND LOGIK UND KALTE RATIONALITÄT ÜBERNAHMEN DIE HERRSCHAFT ÜBER ALLES.

DANN GAB ES DANACH KEINE MAGIE MEHR?
ES GIBT NOCH MAGIE.
ARTEFAKTE BLEIBEN. WEISST DU, WAS DAS IST?
ES SIEHT AUS WIE DIE MASKE, DIE DIESER PROFESSOR FATE HATTE. ABER SIE IST NICHT MEHR AUS GOLD...
DOCTOR FATE.
SETZ MICH AUF.
NEIN... BITTE, HERR, HABE ICH DIR NICHT TREU GEDIENT?
SETZ MICH AUF.

HMM. DER DOCTOR IST DAAAA.
HE... JUNGE. ERINNERST DU DICH, WAS ICH DIR IN DER GUTEN ALTEN ZEIT GESAGT HABE... DAMALS AUF DER ERDE ?
JA.
ORDNUNG IST ABFALL. CHAOS IST DRECK. DAS WAREN NUR UNTERSCHIEDLICHE NAMEN FÜR EIN UND DASSELBE. SIE SPUCKEN PROTOPLASMA UND REDEN SICH EIN, ES GÄBE EINE BEDEUTUNG.
ES GIBT KEINE BEDEUTUNG.
NUR DEN KÖRPER. UND TOD. UND...

JA?
DAS IST ALLES. GEH. UND NIMM DEN BLINDEN MIT. ER STINKT!
NUN SETZ MICH AB.
NEIN.
O GOTT... ERSPARE MIR DAS!
DU HAST MICH GEHÖRT. GEH.
DAS WAR WIDERLICH.
JA. DAS BÖSE IST WIDERLICH. ICH HABE DIE HELDEN DER ERDE EINMAL GEDRÄNGT, SICH ZUSAMMENZUTUN UND FATE ZU VERNICHTEN, UM ZU VERHINDERN, DASS DIE MASKE IN TAUSEND JAHREN PERVERTIERT.
JA? WAS HABEN SIE GESAGT?
ICH SEI VERRÜCKT.
WIESO NUR?

„WO SIND WIR JETZT?"
„DIE ERDE IM 60. JAHRHUNDERT. DAS PENDEL IST ZURÜCKGESCHWUNGEN."
„DIESE WELT HAT SICH VOM REST DES UNIVERSUMS ABGESONDERT. ICH WEISS NICHT, AUF WESSEN BEFEHL."
„DIE MENSCHEN DER ERDE PRAKTIZIEREN ETWAS, DAS WEDER MAGIE NOCH WISSENSCHAFT IST, SONDERN GLEICHERMASSEN AUF BEIDEM BERUHT. STELLE DIR COMPUTER VOR, DIE TEILWEISE AUF SILIKON UND TEILWEISE AUF ZAUBERSPRÜCHEN BERUHEN."
„DANN HABEN SIE SO ETWAS?"
„VERMUTLICH."
„SIE WISSEN ES NICHT?"
„WIR SIND VIERZIG JAHRHUNDERTE VON UNSERER ZEIT ENTFERNT, JUNGE. ICH VERSTEHE DIESE WELT NICHT BESSER, ALS EIN HÖHLENMENSCH DIE UNSERE VERSTÜNDE."
„SPRICH NICHT MIT IHNEN."
> IHR > WOHER KOMMT IHR /?
AUS DEM...
...ZWANZIGSTEN JAHRHUNDERT.
WIR MÜSSEN EINEN RÜCKGEARTETEN BESTRAFEN / REHABILITIEREN > HIER NICHT ANGENEHM [NEHMT IHR IHN MIT IN EURE ZEIT / ?
ICH GLAUBE NICHT...
ABRAKADABRA?
ICH SAGTE, SPRICH NICHT MIT IHNEN.
KEINE BESORGNIS > HABEN EURE ZEITLINIE SCHON GEFUNDEN < WIRD KEIN PROBLEM FÜR IRR KIND ABHARARAKADHARARBARAKH SEIN.
KOMM.

ES IST SO DUNKEL.
JA?
KÖNNEN SIE... OH. ENT-SCHULDIGUNG.
SCHON GUT. ICH TRAGE MEINE BLINDHEIT STOLZ. ICH SEHE MEHR ALS DU.
ABER SIE WISSEN NICHT, DASS ES DUNKEL IST.
SIEH NACH OBEN, JUNGE. DAS DA IST DIE SONNE.
DIESES DING? WO... WANN SIND WIR?
WEIT IN DER ZUKUNFT. MILLIONEN VON JAHREN.
DANN GIBT ES WOHL KEINE MENSCHEN MEHR?
DA IRRST DU DICH.
SIEHST DU SIE NICHT?
DAS DA SIND MENSCHEN?
MEHR IST NICHT GE-BLIEBEN.
VIELLEICHT FÜNFZIGTAUSEND SEELEN, DIE KÄRGLICH VON EINER ERDE LEBEN, DIE SCHON LÄNGST KEINE NÄHRSTOFFE MEHR HAT. VON EINEM MEER, DAS KAUM NOCH LEBEN TRÄGT. EINE WELT, AUF DER DIE MEISTEN METALLE VERROSTET SIND. SIE LEBEN HIER, IN DER DUNKELHEIT.
WARUM SIND SIE GRÜN?
SIND SIE DAS? VIEL-LEICHT PHOTO-SYNTHESE.
BEGRIFFE WIE WISSENSCHAFT UND MAGIE HABEN LÄNGST JEDE BEDEUTUNG VERLOREN.

SM'GOKCHURTFOK WENKF'RTANGT?
IHR... SEID VON LANGHER?
LANGE HER. JA. WIESO VERSTEHST DU UNS?
OH... EINMAL KAM JEMAND AUS ZUKÜNFTIGEN ZEITEN, DER WIE DU SPRACH.
WIE WAR ES? LANGHER?
WO SOLL ICH ANFANGEN? ES WAR ANDERS.
UNSERE ALTEN ERZÄHLEN UNS GESCHICHTEN. SIE SAGEN, DASS ES LANGHER MÖGLICH WAR, VIELLEICHT SECHS ODER SIEBEN SEESPINNEN AN EINEM TAG ZU FANGEN. UND DASS SIE VIEL FLEISCH HATTEN. STIMMT DAS?
TUT MIR LEID. WIR SPRECHEN KEIN ENDZEIT.
ÄH... KEINE AHNUNG.
AH...
DANN ENDET ES SO? GRÜNE IDIOTEN GRABEN UNTER EINER STERBENDEN SONNE NACH SEESPINNEN?
VIELLEICHT.
SIE WISSEN ES NICHT?
ICH BIN... NIE SO WEIT GEKOMMEN. ICH HABE NUR GERÜCHTE GEHÖRT. ICH TRAF IN MEINER JUGEND EINEN GROSSEN MANN... ER WAR BLIND WIE ICH UND HAT BEHAUPTET, AUS DER FERNEN ZUKUNFT ZU KOMMEN. DOCH ER KONNTE SICH NICHT MEHR ERINNERN, WAS ER DORT SAH.
ER HAT MIR DIE KUNST DES VORWÄRTSGEHENS BEIGEBRACHT.
OH.
NA JA, HIER GIBT ES NICHT MEHR VIEL ZU SEHEN. KEHREN WIR JETZT IN UNSERE ZEIT ZURÜCK?
WIR GEHEN WEITER.

SOLLTEN SIE NICHT SCHON ZURÜCK SEIN?
JA.
GIBT ES EIN PROBLEM?
ICH BEFÜRCHTE ES, JOHN CONSTANTINE.
ICH HABE SIE VERLOREN. SIE SIND SO WEIT IN DIE ZUKUNFT GEGANGEN, DASS ICH SIE NICHT MEHR WAHRNEHMEN KANN. OCCULT?
JA. SIE SIND ENDGÜLTIG WEG.
DAS IST DOCH LÄCHERLICH! SOLL DAS HEISSEN, DASS SIE IN DER FERNEN ZUKUNFT VERSCHWUNDEN SIND UND IHR SIE NICHT ZURÜCKHOLEN KÖNNT?
JA.
ICH KANN'S NICHT GLAUBEN. IHR HABT TIM EINEM VERRÜCKTEN ANVERTRAUT, DEM SEIN VATER MIT EINEM LÖFFEL DIE AUGEN AUSGESTOCHEN HAT! ICH MEINE, NACH DEM, WAS MIT IHM UND SEINER SCHWESTER PASSIERT IST... KANN ER NICHT GANZ DICHT SEIN.
ICH KANN'S NICHT GLAUBEN.
WIE KONNTET IHR NUR SO BESCHEUERT SEIN?
ICH HABE EINEN FEHLER GEMACHT, DASS SEHE ICH EIN.
ES TUT MIR LEID.
DAS BRINGT TIM NICHT ZURÜCK. ER IST NUR EIN JUNGE. ER HAT UNS VERTRAUT. ICH KANN'S...
...NICHT GLAUBEN. ICH WEISS. IRREN IST MENSCHLICH, JOHN CONSTANTINE.
WENN ER EIN MENSCH IST, BIN ICH EIN TOASTER.
WIR MÜSSEN VERSUCHEN, SIE ZURÜCKZUHOLEN. DIESE VORWÜRFE SIND SINNLOS.
KÖNNEN SIE SIE NICHT ERREICHEN? KÖNNEN SIE KEINE GÖTTER ODER DÄMONEN ODER SO ZU IHNEN SCHICKEN?

NEIN.
ABER DIE IDEE IST GUT. DOCTOR OCCULT...
DER RAUBVOGEL GEHÖRT TIM...
HÖR ZU, NACHTVOGEL. DEIN HERR TIMOTHY. WO ER AUCH IST. SUCH IHN. SCHÜTZE IHN. HILF IHM. MEIN FREUND... GIB MIR STÄRKE. CONSTANTINE... GIB MIR WILLENSKRAFT. GEBT MIR ZUVERSICHT.
GEH.
SIE HABEN DEM VOGEL NICHT BEFOHLEN, IHN ZURÜCKZUBRINGEN.
WENN ER SO WEIT IN DER ZUKUNFT IST, CONSTANTINE, KANN IHN WAHRSCHEINLICH KEINE MACHT ZURÜCKBRINGEN.
UND NUN?
WIR WARTEN.
SAGEN SIE DOCH MAL WAS ANDERES.

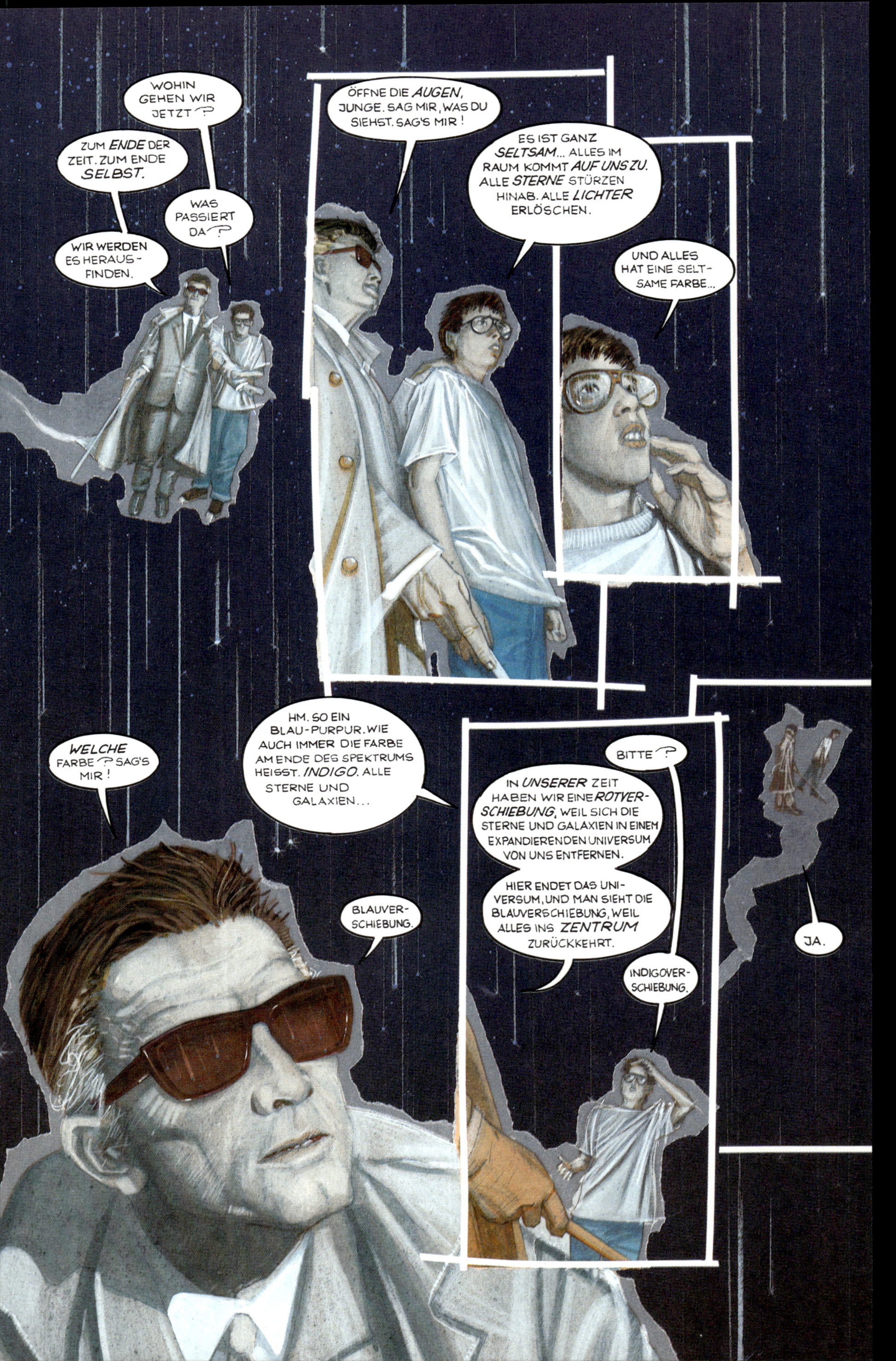
WOHIN GEHEN WIR JETZT?
ZUM ENDE DER ZEIT. ZUM ENDE SELBST.
WAS PASSIERT DA?
WIR WERDEN ES HERAUS-FINDEN.
ÖFFNE DIE AUGEN, JUNGE. SAG MIR, WAS DU SIEHST. SAG'S MIR!
ES IST GANZ SELTSAM... ALLES IM RAUM KOMMT AUF UNS ZU. ALLE STERNE STÜRZEN HINAB. ALLE LICHTER ERLÖSCHEN.
UND ALLES HAT EINE SELT-SAME FARBE...
WELCHE FARBE? SAG'S MIR!
HM. SO EIN BLAU-PURPUR. WIE AUCH IMMER DIE FARBE AM ENDE DES SPEKTRUMS HEISST. INDIGO. ALLE STERNE UND GALAXIEN...
BLAUVER-SCHIEBUNG.
BITTE?
IN UNSERER ZEIT HABEN WIR EINE ROTVER-SCHIEBUNG, WEIL SICH DIE STERNE UND GALAXIEN IN EINEM EXPANDIERENDEN UNIVERSUM VON UNS ENTFERNEN.
HIER ENDET DAS UNI-VERSUM, UND MAN SIEHT DIE BLAUVERSCHIEBUNG, WEIL ALLES INS ZENTRUM ZURÜCKKEHRT.
INDIGOVER-SCHIEBUNG.
JA.

„YOU AIN'T BEEN BLUE... NO, NO, NO, YOU AIN'T BEEN BLUE... TILL YOU'VE HAD THAT MOOD INDIGO."
„THAT FEELING GOES STEALING DOWN TO MY SHOES WHILE I SIT AND SIGH, GO`LONG BLUES..."
„ALWAYS GET THAT MOOD INDIGO SINCE MY BABY SAID GOODBYE. IN THE EVENING WHEN THE LIGHTS ARE LOW I'M SO LONELY I COULD CRY..."
„COS THERE'S NOBODY WHO CARES ABOUT ME. I'M JUST A SOUL WHO'S BLUER THAN BLUE CAN BE."
„WHEN I GET THAT MOOD INDIGO I COULD LAY ME DOWN AND DIE.."
DAS IST EIN SCHÖNES LIED. WIE HEISST ES?
LIED?
WELCHES LIED?
NICHTS.
WAS GESCHIEHT NUN?
NICHTS.
GAR NICHTS PASSIERT.
HM. ENDET ES SO? IN DUNKELHEIT? IM NICHTS...
DA DRÜBEN IST EIN LICHT...
ICH GLAUBE...
ICH GLAUBE, DA IST ETWAS...

HOLLA! NEUE GESICHTER! ES IST LANGE HER, DASS WIR HIER NEUE GESICHTER GESEHEN HABEN.
ABER ICH ERKENNE EUCH NICHT. DER BLINDE. DER JUNGE. WELCHE GEISTER WART IHR? AUS WIE VIELEN SEELEN BESTEHT IHR?
ICH WEISS NICHT, WOVON SIE SPRECHEN.
WIR SIND NICHT VON HIER. WIR SIND AUS DER VERGANGENHEIT.
SPRICH NICHT MIT IHM, KIND. ER WILL DICH AUF DIE BÖSEN PFADE LOCKEN. IN DIE HÖLLE.
BLÖDSINN. WER SIND SIE? WO BIN ICH HIER?
ICH BIN DER HIEROPHANT. UND DU BIST... IN ALLEM, WAS NOCH IST. IM LETZTEN REST MATERIE DES UNIVERSUMS.
KOMMT MIT. DIE ANDEREN WERDEN SICH FREUEN, NEUE GESICHTER ZU SEHEN.

DIE ZEIT IST FAST VORBEI. DAS UNIVERSUM IST FAST TOT.
WIR KOMMEN VON DER ERDE. KENNEN SIE SIE?
WARUM DENN NICHT? IN MIR TRAGE ICH VIELE ... SEELEN. ICH BIN ALLE HIEROPHANTEN, DIE ES JE GAB. UND ALLE PÄPSTE UND PRIESTER UND SCHAMANEN UND MAGIER. ALLE.
DIE ERDE.
WISST IHR, DER MOND FIEL VOR LANGER ZEIT AUS DEM HIMMEL. UND DIE SONNE FLACKERTE EIN LETZTES MAL AUF UND WURDE ASCHKALT. UND DIE ERDE SELBST ERSTARRTE UND ZERBRACH. UND DER ...
...TAG DES JÜNGSTEN GERICHTS IST NUR NOCH EINE ERINNERUNG.
UND WIR ... WIR WISSEN NICHT, WAS WIR SIND. DER EINSIEDLER BEHAUPTET, DASS ES UNS GAR NICHT GIBT, DASS WIR NUR SCHATTEN SIND, SPIEGELBILDER, GESCHAFFEN VON EINEM SENILEN UNIVERSUM, DAMIT ES SICH AN SEINE VERLORENEN KINDER ERINNERT. VIELLEICHT SAGT ER DIE WAHRHEIT.
WIR NENNEN DIESEN ORT TERMINUS. WEIL ES UNS SO GEFÄLLT. UND WEIL MAN KEINE REISEN MEHR MACHEN KANN. DAS IST DER EINZIGE ORT.
ES GAB EINMAL MEHR VON UNS, ABER ...
MEIN LEHNSHERR, MEINE DAME, WIR HABEN BESUCH AUS DER VERGANGENHEIT.

JA? SEID GEGRÜSST, BESUCHER.
WIR WÜRDEN EUCH GERN BEWIRTEN, DOCH WIR HABEN SEIT TAGEN NICHTS MEHR ZU ESSEN. WIR HABEN DIE LIEBENDEN AUSGESCHICKT, ETWAS ZU BESORGEN, TUT MIR LEID.
DER HIEROPHANT HAT EUCH VON DIESEM ORT ERZÄHLT?
JA.
EIN PUNKT. MEHR NICHT. EINE WINZIGE DISKONTINUITÄT AM ENDE DER ZEIT.
EINE LETZTE CHANCE, ES RICHTIG ZU MACHEN, BEHAUPTEN MANCHE.
DIE SPHINX SAGT, ES GÄBE UNS GAR NICHT. WIR WÄREN EINE ILLUSION, EINE OSZILLATION IM LETZTEN EREIGNIS-HORIZONT.
DOCH WIR KOMMEN UNS WIRKLICH VOR. WIR LIEBEN UND KÄMPFEN UM WÄRME UND BEHAGLICHKEIT. WIR KUSCHELN UNS ANEINANDER UND MISSTRAUEN EINANDER.
UND WAS WIRST DU SEIN, KIND, WENN DU IN DEINE ZEIT ZURÜCKKEHRST?
ICH WEISS NICHT.
VIELLEICHT EIN MAGIER. ICH BIN MIR NICHT SICHER.
DANN MUSS ER UNSEREN MAGIER KENNENLERNEN, NICHT WAHR, SCHATZ?
UNSER MAGIER IST FORT. ERINNERST DU DICH NICHT?
O JA. JETZT FÄLLT ES MIR WIEDER EIN.
SCHADE.
JOHN?

NICHT *JOHN*, JUNGER HERR, SONDERN *HANS*. DENN HANS GUCK-IN-DIE-LUFT IST EIN TRÄUMER, UND HANS TAPS MACHT AUCH NICHTS RICHTIG. HANS IM GLÜCK GIBT ES NICHT MEHR.
UND ALLZUSCHNELL WIRD AUS EINEM HANS-DAMPF EIN HAUSNARR. EIN HANSWURST BIN ICH ALLEMAL, UND WAS HÄNSCHEN NICHT LERNT, LERNT HANS NIMMER MEHR. ALL DAS STECKT IN MIR, JUNGER HERR.
SIE KOMMEN MIR BEKANNT VOR.
NICHT WAHR?
ICH BIN BLIND.
WIR KÖNNEN DIE ZEIT HIER *NICHT MESSEN*. KEINE SONNE ODER STERNE SPENDEN UNS TAG. KERZEN BRENNEN UNTERSCHIEDLICH SCHNELL AN VERSCHIEDENEN ORTEN DIESES SCHLOSSES, UND KEINE ZWEI STUNDENGLÄSER STIMMEN ÜBEREIN. NUR EINS IST GEWISS: DAS ENDE IST NAH.
ES GAB EINST *MEHR* VON UNS IM SCHLOSS AM ENDE VON ALLEM.
DER *GEHÄNGTE* SANG, DASS WIR *ALLES* WAREN. ALLE MENSCHEN, ALLE SEELEN, ALLE GÖTTER, REDUZIERT AUF EINE HANDVOLL SCHATTEN. DOCH DER GEHÄNGTE WAR FAST SO VERRÜCKT WIE MEIN *HOFNARR* HIER...
SEIT WANN HABE ICH IHN NICHT MEHR GESEHEN? ICH WEISS ES NICHT.
UND WO SIND SIE?
AUS DEN TUNNELN, DIE DAS SCHLOSS DURCHZIEHEN, GINGEN SIE IN DIE ZEIT ZURÜCK. ODER SIE HÖRTEN EINFACH AUF ZU EXISTIEREN.
VIELLEICHT EXISTIEREN WIR ALLE NICHT...
VERZEIHUNG.

ES TUT MIR LEID. SIE SEHEN GENAU AUS WIE DIESER KERL AUS MEINER ZEIT. JOHN CONSTANTINE. ICH HÄTTE SCHWÖREN KÖNNEN, DASS SIE ES SIND.
WAS ICH NICHT WEISS, MACHT MICH NICHT HEISS. SO HEISST ES DOCH.
NUN, JUNGER HERR, MÖCHTET IHR EIN RÄTSEL HÖREN ODER MICH JONGLIEREN SEHEN?
NEIN.
DANN WERDET IHR BEIDES BEKOMMEN.
EIN RÄTSEL. ICH SASS MIT MEINEM SCHATZ UND TRANK MIT MEINEM SCHATZ, UND LICHT GAB MIR MEIN SCHATZ. ICH GEBE JEDEM EIN GLAS WEIN, DER MEIN RÄTSEL LÖST.
NUR HABE ICH KEINEN WEIN.
GEBT IHR AUF?
ICH VERSTEHE NICHT MAL DIE FRAGE.
UND EUER FREUND?
ACH JA? ABER KÖNNT IHR IHN LÖSEN?
ICH SASS IN EINEM STUHL AUS DEN KNOCHEN MEINES SCHATZES, TRANK AUS IHREM SCHÄDEL UND SAH, WEIL EINE KERZE AUS IHREM FETT BRANNTE.
BIST DU ZUFRIEDEN, NARR? UND JETZT GEHEN WIR, TIMOTHY HUNTER.
WARTEN, SIE, HANS, ODER WIE SIE HEISSEN... ICH SOLL ETWAS ÜBER MAGIE LERNEN.
WAS HABEN SIE MIR ZU SAGEN?
ICH, GUTER HERR?
DAS IST EIN BÖSER REIM. ER HAT EINE BÖSE LÖSUNG.

WAS WEISS ICH VON MAGIE ?
NICHTS, MEINE HERREN.
REIN GAR NICHTS.
WIR SIND SCHON ZU LANGE HIER. KOMM...
NUR, DASS EIN WENIG MAGIE ÜBERAUS GEFÄHRLICH IST.
PJ 90

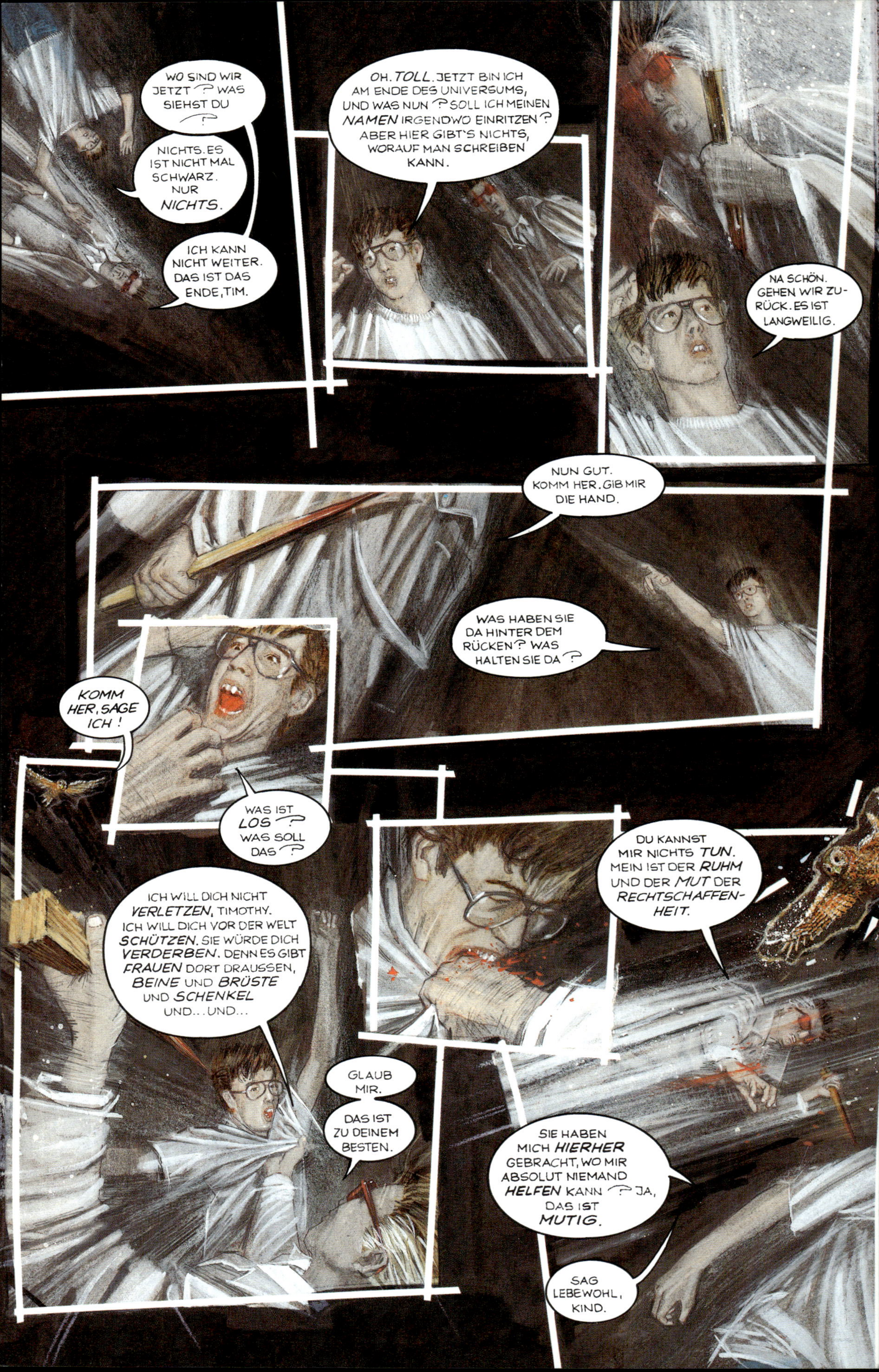
WO SIND WIR JETZT? WAS SIEHST DU?
NICHTS. ES IST NICHT MAL SCHWARZ. NUR NICHTS.
ICH KANN NICHT WEITER. DAS IST DAS ENDE, TIM.
OH. TOLL. JETZT BIN ICH AM ENDE DES UNIVERSUMS, UND WAS NUN? SOLL ICH MEINEN NAMEN IRGENDWO EINRITZEN? ABER HIER GIBT'S NICHTS, WORAUF MAN SCHREIBEN KANN.
NA SCHÖN. GEHEN WIR ZURÜCK. ES IST LANGWEILIG.
NUN GUT. KOMM HER. GIB MIR DIE HAND.
WAS HABEN SIE DA HINTER DEM RÜCKEN? WAS HALTEN SIE DA?
KOMM HER, SAGE ICH!
WAS IST LOS? WAS SOLL DAS?
ICH WILL DICH NICHT VERLETZEN, TIMOTHY. ICH WILL DICH VOR DER WELT SCHÜTZEN. SIE WÜRDE DICH VERDERBEN. DENN ES GIBT FRAUEN DORT DRAUSSEN, BEINE UND BRÜSTE UND SCHENKEL UND... UND...
GLAUB MIR.
DAS IST ZU DEINEM BESTEN.
DU KANNST MIR NICHTS TUN. MEIN IST DER RUHM UND DER MUT DER RECHTSCHAFFENHEIT.
SIE HABEN MICH HIERHER GEBRACHT, WO MIR ABSOLUT NIEMAND HELFEN KANN? JA, DAS IST MUTIG.
SAG LEBEWOHL, KIND.

KOMM HER, KLEINER! KOMM ZURÜCK! KOMM HER UND NIMM DEINE MEDIZIN..
JO-JO?
NUR EIN LÖFFEL ZUCKER...
DU VERSTEHST NICHT, WIE MÄCHTIG DU SEIN WIRST. ICH... ICH KANN DICH SEHEN, JUNGE. MANCHMAL. DU STRAHLST WIE EIN LEUCHTFEUER IN DER DUNKELHEIT. ABER IRREN IST MENSCHLICH. WIR ALLE SIND SÜNDER. NIEMAND IST PERFEKT.
ICH BRAUCHE KEINE AUGEN, UM DICH ZU FINDEN.
ICH BRAUCHE NICHT MAL EINE WAFFE. ICH HABE MEINE HÄNDE.
HÖR AUF. SOFORT. DAS GEZIEMT SICH NICHT. BENIMM DICH GEFÄLLIGST AM ENDE ALLER DINGE!
HMM.
DU BIST TIMOTHY HUNTER. DU BIST...
ICH NENNE MICH E. MISTER E.
STEHT AUF UND TRETET VONEINANDER ZURÜCK.
HMM.
BEMERKENSWERT. KEINER VON EUCH STEHT IN MEINEM BUCH. MOMENT.

AH, JA... DA IST EINE FUSSNOTE DARÜBER, IN EINEM FRÜHEREN KAPITEL. ICH HÄTTE EUCH FAST VERGESSEN. IHR SEID WEIT VON EURER ZEIT ENTFERNT, STERBLICHE.
HALLO, GROSSER BRUDER.
HALLO, IHR BEIDEN.
DU. ICH KENNE DICH. DU WILLST DEN JUNGEN HOLEN, NICHT WAHR? DU BIST NICHT WEGEN MIR HIER.
HALLO, TIM. HALLO, E. NEIN, ICH WILL KEINEN VON EUCH HOLEN. DAS TAT ICH SCHON VOR LANGER ZEIT. ABER ES IST SCHÖN, EUCH WIEDERZUSEHEN.
ICH BIN WEGEN DES UNIVERSUMS HIER. UND WEGEN DIR, BRUDER SCHICKSAL.
ES IST ALSO VORBEI. WIE SELTSAM. WIR NANNTEN UNS DIE ENDLOSEN. DOCH NUR ZWEI VON UNS SIND ÜBRIG, HIER AM ENDE VON ALLEM.
MANCHMAL GLAUBTE ICH, ICH WÜRDE DIE LETZTE SEITE NIE UMBLÄTTERN, DAS BUCH NIE ENDGÜLTIG SCHLIESSEN.
ES IST EINE ERLEICHTERUNG, MEINE BÜRDE AUFZUGEBEN. ICH DANKE DIR.
TIM, DAS IST DEIN JO-JO.
ERIK. DEINE BRILLE.
MISTER E. NICHT ERIK. ICH BIN MISTER E UND MUSS IHN TÖTEN.
NEIN. DIESE BÜRDE FÄLLT DIR NICHT ZU.
LEB WOHL.
ES TUT MIR LEID. ICH KANN EUCH NICHT HIERLASSEN. IHR DÜRFT NICHT ZUSEHEN. DENN ES IST DAS ENDE. DAS UNIVERSUM IST VORBEI.
ES IST MEINE AUFGABE, AUFZURÄUMEN UND ABZUSCHLIESSEN, WENN ICH AUFBRECHE.
IHR BEIDE MÜSST GEHEN. ABGESEHEN VON ALLEM ANDEREN SCHAFFT IHR NUR UNORDNUNG.

DANN... WAS SOLL ICH TUN?
KEHRE IN DEINE ZEIT ZURÜCK, ERIK. ABER DU MUSST LEIDER DEN SCHWEREN WEG NEHMEN.
ICH NAHM IHN VOR MILLIARDEN JAHREN AUCH. DU WIRST IRGENDWANN ANKOMMEN.
DU VERSTEHST NICHT. ES IST UNMÖGLICH. WIR SIND ZU WEIT GEGANGEN... WIR KÖNNEN NICHT ZURÜCK.
UNSINN. NATÜRLICH KÖNNT IHR DAS. ABER DU MUSST ES AUF DIE HARTE TOUR ERLEDIGEN. HAST DU NICHT ZUGEHÖRT?
DU WIRST SCHRITT FÜR SCHRITT ÜBER HUNDERT MILLIARDEN JAHRE ZURÜCKGEHEN.
ALSO LOS, ERIK. WIR HABEN EINE VERABREDUNG IN SAMARA.
WAS IST MIT MIR? MUSS ICH AUCH DEN GANZEN WEG DURCH DIE ZEIT ZURÜCKGEHEN?
NEIN. DU BIST WEIT GENUG GEGANGEN.
SCHLIESSE DIE AUGEN, TIMOTHY...

DAS WAR'S DANN ALSO?
ES HAT DEN AN-SCHEIN.
JA.
DIE TRENCHCOAT-BRIGADE GREIFT EIN. TOLL.
„IHNEN OBLIEGT DIE ANTWORT NICHT. SIE ERWARTET NUR DER TOD. ZU SECHSHUNDERT BEGABEN SIE SICH INS TAL DES TODES."
ICH HÄTTE NICHT GEDACHT, DASS SIE TENNYSON KENNEN, JOHN CONSTANTINE.
HABE IHN IN DER BESSERUNGSANSTALT GELESEN. DAMALS WAR ICH NICHT VIEL ÄLTER ALS TIM.
WISST IHR, WIR HABEN DAS WIRKLICH VERSAUT.
NICHT GANZ. WIR HABEN SCHLIESSLICH DIE BRUDERSCHAFT DER KALTEN FLAMME AUSGELÖSCHT. UND SIE HÄTTE TIMOTHY GETÖTET.
STATT DESSEN HABEN WIR IHN EINEM IRREN ÜBERGEBEN, DER DIE ARBEIT FÜR SIE ERLEDIGT HAT. TOLL.
EINES TAGES WIRD EIN ANDERES KIND KOMMEN. UND DANN WERDEN WIR AUS DIESER SACHE GELERNT HABEN.
IHR SEID IRRE. WENN IHR GLAUBT, ICH WÜRDE NOCH EINMAL BEI EINEM EURER FIASKOS MITMACHEN...
HÖRT AUF! IHR BEIDE!
JA. HÖRT AUF. ICH BIN NICHT TOT ODER SO. MIR GEHT'S GUT, GLAUBE ICH...
TIM!
WILLKOMMEN, JUNGE.
ES FREUT UNS, DICH ZU SEHEN.
DA WAR DIESE FRAU. AM ENDE DER ZEIT. SIE SCHICKTE MICH ZURÜCK.
UND E?
SIE HAT GESAGT, ER MÜSSE SEINEN EIGENEN WEG FINDEN. LANGSAM, SCHRITT UM SCHRITT.
EIN LANGER WEG, VON DER EWIGKEIT HIERHER. ER HAT MEIN MITGEFÜHL.
OBWOHL ER TIM TÖTEN WOLLTE?
ICH FÜRCHTE JA.

WO IST DEINE EULE TIMOTHY?
SIE HAT MIR DAS LEBEN GERETTET. E WOLLTE MICH TÖTEN...
SIE HAT DICH GERETTET. EINE GUTE SEELE...
JA. GENAU. KÖNNEN SIE SIE NICHT ZURÜCKBRINGEN?
13
NEIN.
ICH BIN ALSO WIEDER DA. ICH WAR AM ENDE DER ZEIT, UND ICH BIN ZURÜCK.
JOHN... SIE WAREN DORT.
WAS?
NICHTS.
NUN, TIMOTHY... DU HAST GESEHEN, WAS WIR DIR ZEIGEN KONNTEN. DU HAST DIE VERGANGENHEIT GESEHEN. DU HAST EINIGE KENNENGELERNT, DIE DIE MAGIE PRAKTIZIEREN.
DU HAST DIE WELTEN GESEHEN, DIE DIE DEINE BERÜHREN.
DU HAST DEN ANFANG UND DAS ENDE GESEHEN. NUN MUSST DU...
...EINE ENTSCHEIDUNG TREFFEN.
WÄHLST DU DIE MAGIE, WIRST DU NIE ZU DEM LEBEN ZURÜCKKEHREN KÖNNEN, DAS DU GEFÜHRT HAST. DEINE WELT MAG... AUFREGENDER SEIN, IST ABER AUCH GEFÄHRLICHER. UNZUVERLÄSSIGER.
UND HAST DU DEN PFAD DER MAGIE EINMAL BETRETEN, KANNST DU IHN NICHT MEHR VERLASSEN.
ODER DU KANNST DEN WEG DER WISSENSCHAFT WÄHLEN, DER RATIONALITÄT. IN EINER NORMALEN WELT LEBEN. EINEN NORMALEN TOD STERBEN. ZWEIFELLOS WENIGER AUFREGEND, ABER SICHERER.

DU HAST DIE WAHL.
ÄH...
TUT MIR LEID.
ICH...
ICH WEISS ZU SCHÄTZEN, WAS SIE FÜR MICH GETAN HABEN. WAS SIE MIR GEZEIGT HABEN.
ABER ICH HABE VIEL GELERNT. HAUPTSÄCHLICH, DASS ALLES EINEN PREIS HAT. ICH MEINE, MAN KANN ALLES BEKOMMEN, WAS MAN HABEN WILL. ABER MAN MUSS AUCH DAFÜR BEZAHLEN, NICHT WAHR?
UND ICH WILL DIESEN PREIS NICHT BEZAHLEN. ICH HABE ANGST.
TUT MIR LEID.
SIND SIE WÜTEND?

ES IST DEINE WAHL, TIMOTHY. IMMER UND EWIG DEINE WAHL.
MAGIC
NEIN! ICH HABE ES NICHT SO GEMEINT! ICH WILL WIRKLICH!
SO...
...MEINE ICH ES NICHT.

ICH SAGTE JA, DAS SEI VERGEBLICHE LIEBESMÜH. UND ICH HABE RECHT BEHALTEN.
NUN...
DAS WAR EIN ZIEMLICHER REINFALL, WAS?
UNTER DEM STRICH? TIM VERLIERT SEINE EINZIGE CHANCE AUF DIE MAGIE, WIR VERLIEREN MISTER E, DER JETZT VOM ENDE DER ZEIT ZURÜCKKEHREN MUSS...UND...
KOMISCH, CONSTANTINE. NACH ALLEM, WAS ICH ÜBER SIE GEHÖRT HABE...NIEMAND HAT MIR GESAGT, DASS SIE DUMM SIND.
JETZT HÖREN SIE MAL...
NEIN. SIE HÖREN ZU. UND DENKEN NACH.
WIR HABEN TIMOTHY GESAGT, DASS WIR IHM EINE WAHL LASSEN, NICHT WAHR? UND DAS HABEN WIR AUCH. UND DANN HAT UNSER FREUND IHM DIE VERGANGENHEIT GEZEIGT UND IHM DAS PRINZIP DER MAGIE VORGESTELLT.
UND SIE HABEN IHM GEZEIGT, DASS DIE WELT NICHT DER RATIONALE ORT IST, FÜR DEN ER SIE HIELT.
ICH HABE IHM DIE WELT GEZEIGT, DIE NICHT DIESE WELT IST, IN DER IMMER DAS SOMMERZWIELICHT HERRSCHT, UND ANDERE ORTE.
E HAT IHM EIN PAAR FRAGMENTE DER MÖGLICHKEIT GEZEIGT, WELTEN DER WAHRSCHEINLICHKEIT. DANN KEHRTE TIM ZURÜCK.
ER HAT MAGIE ERLEBT. ER WEISS, DASS SIE FUNKTIONIERT. ER HAT SCHON EINEN SCHWEREREN WEG HINTER SICH ALS DIE MEISTEN EINGEWEIHTEN...

SIE... HABEN IHN BELOGEN.
ICH HABE IHN NICHT BELOGEN, CONSTANTINE. ICH HABE IHM GESAGT, DASS ER DIE WAHL HAT, UND ER HATTE SIE AUCH.
ER HAT SEINE WAHL GETROFFEN, ALS ER UNS SAH.
ICH KOMME MIT. WOHIN GEHEN WIR?
UND MIR WIRFT MAN VOR, ICH WÜRDE MANIPULIEREN.
UND NUN?
UND NUN, JOHN CONSTANTINE, MÜSSEN WIR WARTEN. DEN JUNGEN BEOBACHTEN.
ES HEISST, DIE MENSCHHEIT BEKÄME NUR EINE CHANCE AUF DEM GOLDENEN KREIS DES KARUSSELLS.
DOCH DAS KARUSSELL DREHT UND DREHT UND DREHT SICH. UND DER GOLDENE KREIS BLEIBT, WO ER IST.
SIE SIND JA EIN RICHTIGER ROMANTIKER! NEE, SAGEN SIE NICHTS DARAUF. VERDERBEN SIE NICHT IHR IMAGE. WIR WARTEN ALSO EINFACH AB?
WIR WARTEN.
UND WIR WERDEN SEHEN.

TIM?
JA?

HATTEST DU EINEN SCHÖNEN TAG, MEIN SOHN?
ÄH...
WIE LANGE WAR ICH WEG, DAD?
WAS SOLL DAS? MACHEN WIR EIN QUIZ? FÜNF, SECHS STUNDEN SCHÄTZE ICH.
HABE ICH DICH NICHT AUS SAN FRANCISCO ANGERUFEN? ODER AUS BRIGHTON, VON TANTE BLODWYN?
ÄH...
WAS SOLL DER UNSINN? NIEMAND HAT ANGERUFEN, TIM. WO WARST DU ALSO? WAS HAST DU SO GEMACHT?
ÄH... DRAUSSEN. WIE IMMER.
SETZ DICH, WENN DU WILLST. DAS IST EIN TOLLER FILM. EINE GUTE SZENE AM ENDE, WENN SIE MIT DIESEN MINIS DURCH ROM BRAUSEN.
ÄH... WIE HEISST ER NOCH? ER IST GANZ BERÜHMT. ES LIEGT MIR AUF DER ZUNGE.
NEIN, DANKE, DAD. ICH GEHE LIEBER AUF MEIN ZIMMER.
NOEL COWARD. JA, GENAU.
NA SCHÖN. ICH MACHE UNS EINE PIZZA. SOBALD ...
...DER FILM AUS IST.

CARLSEN COMICS
Lektorat: Uta Schmid-Burgk
und Andreas C. Knigge
1. Auflage Januar 1993

Aus dem Amerikanischen
von Uwe Anton
THE BOOKS OF MAGIC

Redaktion: Andreas C. Knigge
Lettering: Dirk Rehm
Druck und buchbinderische Verarbeitung:
Casterman (Tournai/Belgien)

ISBN 3-551-72258-7
Printed in Belgium